dtv
premium

Wladimir Tutschkow

Der Retter der Taiga

Geschichten von ungesühnten Verbrechen
und verhängnisvollen Leidenschaften

Aus dem Russischen
von M. David Drevs

Deutscher Taschenbuch Verlag

Worterklärungen befinden sich am Schluss des Bandes.

Deutsche Erstausgabe
Oktober 2003
Deutscher Taschenbuch Verlag GmbH & Co. KG,
München
www.dtv.de

Der vorliegende Band enthält eine Zusammenstellung
von Erzählungen aus den beiden o. g. Werken

Umschlagkonzept: Balk & Brumshagen
Umschlagfoto: © Corbis/Saba/Shepard Sherbell
Satz: Fotosatz Reinhard Amann, Aichstetten
Gesetzt aus der Stempel Garamond 11/14' (QuarkXPress)
Druck und Bindung: Kösel, Kempten
Gedruckt auf säurefreiem, chlorfrei gebleichtem Papier
Printed in Germany · ISBN 3-423-24367-8

Der unerbittliche Ruf des Blutes

Nikolai kam in einer nach sowjetischen Maßstäben wohlhabenden Professorenfamilie zur Welt. Der Vater hielt von morgens bis abends Vorlesungen, diagnostizierte und operierte. Auch die Mutter tat manch Barmherziges am Lehrstuhl für Bauchhöhlenchirurgie des 1. Medizinischen Instituts. Es war klar, dass das einzige Kind der Familie sich ebenfalls auf diesem Gebiet betätigen würde. Doch die edlen Absichten der wohlmeinenden Fortuna wurden durch ein böses Fatum zerstört. Eines schönen Tages entbrannte in den Mauern des Tempels der medizinischen Wissenschaft ein erbitterter Krieg der Lehrmeinungen, in dessen Folge Nikolais Vater von den vordersten Positionen der nationalen Bauchhöhlenchirurgie verdrängt wurde. Der bereits betagte Professor erlitt einen Schlaganfall. Und verschied bald darauf.

Als Nikolai ein Jahr nach der Familientragödie selbst an das Medizinische Institut gehen sollte, fiel er durch die Aufnahmeprüfung. Im darauf folgenden Jahr passierte dasselbe. Schließlich, nachdem ihn die Mutter am Wehrdienst vorbeigeschmuggelt hatte, unternahm Nikolai einen dritten Versuch, die Familientradition fortzusetzen. Doch auch diesmal rächte sich der Wissenschaftsmob an dem Jungen für all die Jahre freiwilliger Kriecherei vor seinem Vater.

Ungerührt sagte Nikolai: »Leckt mich!« und begann sich

staunend umzublicken. In Moskau pulsierte bereits ein ganz anderes, unbekanntes Leben. Mit neuen Zielen und Werten, völlig anderen Maßstäben und schwindelerregenden Möglichkeiten. Das hatte überhaupt nichts mehr zu tun mit den Perspektiven, die ihm der fehlgeschlagene Pfad der Medizin geboten hätte.

Schon bald ergab sich eine Gelegenheit, auf jenen Schnellzug aufzuspringen, der die Auserwählten nicht in eine lichte – wie man früher zu sagen pflegte –, sondern in eine glänzende Zukunft bringen würde. Zu Silvester 1988 rief Nikolai einen Schulfreund an, verbrachte das Neujahrsfest in einer recht bunten Gesellschaft und war schon bald mit von der Partie.

Der Plan war unfehlbar, denn er berücksichtigte sowohl die russische Mentalität als auch die Besonderheiten der historischen Situation. Diese Situation war solcherart, dass man dem russischen Volk, dem der Alkohol – vorsichtig ausgedrückt – ja nicht gerade gleichgültig ist, plötzlich per verwaltungsrechtlicher Zwangsmaßnahme den Nachschub stark gekürzt hatte. Ein Unbehagen gesamtstaatlichen Ausmaßes war entstanden, das die einfachen Leute durch Schwarzbrennerei bekämpften.

Jene jungen Leute, zu denen Nikolai gestoßen war, hatten bis Mitte des Sommers alle Höllenkreise der sowjetischen Bürokratie durchlaufen, um die Genossenschaft »Jagodka« mit der Lizenz für eine ziemlich breite Palette von Tätigkeiten anzumelden, ein Verrechnungskonto bei der »Strojbank« zu eröffnen, ein Darlehen aufzunehmen und dieses mit minimalen Verlusten in Bargeld umzuwandeln. Sodann erstanden sie einen Waggon mit billigem Wodka, den sie nach Karelien verbrachten. In Karelien machten sie eine Moosbeeren-Annahmestelle auf mit einem Tarif, den man sich sehr leicht merken konnte: eine Flasche Wodka für einen Eimer Moosbeeren – die Einwohner hielten das für eine Spinnerei irgendwelcher durchgedrehter Geldprotze.

Die vitaminreiche Sumpfbeere verkauften sie im benachbarten Finnland, hier jedoch zu einem ganz anderen Preis. Mit dem Erlös kauften sie gebrauchte Westautos, mit denen sie in der Heimat, wo die Menschen über den wirklichen Wert von Waren und Dienstleistungen noch nicht Bescheid wussten, fünfhundert Prozent Gewinn machten. Das Geschäft lief wie am Schnürchen und fand erst mit der völligen Erschöpfung der karelischen Moosbeerenbestände ein Ende.

Im Folgenden ersannen die erfolgreichen Unternehmer immer neue Projekte, die sie mit Glanz in die Tat umsetzten. Natürlich verstärkte das konservative russische Umfeld mit der Zeit den Widerstand gegen diese kühnen Vorhaben. Von einem bestimmten Augenblick an wünschten sowohl die Beamten als auch kriminelle Kreise, gesetzgebende Organe und – natürlich – der Staat, an der Aufteilung des kollektiven Kuchens beteiligt zu werden. Doch trotz aller Abgaben und Schmiergelder, wortbrüchiger Geschäftspartner und des unvorhersehbaren Schlingerkurses der Ministerien waren die geschäftstüchtigen jungen Leute schon bald aktiv an der Verteilung von fünf Prozent der gesamten Finanzströme im Exportbereich beteiligt.

Und nun, da die unerbittlichen Gesetze dynamischer Nachhaltigkeit von den Gesellschaftern verlangten, Personen des öffentlichen Lebens zu werden, die sich an der Politik und der sozialen Regulierung der Gesellschaft beteiligten, hatte Nikolai vor dem Aufbruch zu neuen Höhen zwar keine Angst, aber doch gewisse Bedenken. Die Aussicht auf neue, wesentlich höhere Gewinne reizte ihn nicht. Neue Arbeitsplätze zu schaffen, die einer ansehnlichen Zahl passiver Befehlsempfänger die Existenz sichern würden, auch nicht. Genauso wenig bewegte ihn die Mission eines jeden normalen Unternehmers, der tief in seinem Unbewussten die dumpfe Vorstellung hegt, je mehr er verdiene, desto besser gehe es der gesamten Gesellschaft. Nach dieser Theorie müsste das allgemeine Wachstum wirtschaftlicher Tätigkeit letztendlich zu einer deutlichen Verbesserung des sozialen Wohlstands aller Bürger führen, Spannungen in der Gesellschaft abbauen und im Falle einer Dollarknappheit möglicherweise aufflammende Unruhen bereits im Keim ersticken.

Schließlich siegte der ererbte professorale Egoismus in Nikolais Herzen über den Wunsch, zum Wohle des Vaterlands schöpferisch tätig zu werden. In nicht geringem Maße trugen dazu seine Ersparnisse bei, die es dem Aussteiger aus der Geschäftswelt ermöglichten, den Rest seines Lebens – das heißt den größten Teil davon – zu leben, ohne sich näher um das Verhältnis zwischen den Ausgaben und den Zinszuwächsen auf seinen Konten zu kümmern, die in den Banken verschiedenster Länder der Welt schlummerten.

Doch der energische und durchaus noch junge Mann ging nicht etwa in Rente, um sich so die wohlverdiente Erholung zu verschaffen, sondern verschrieb sich einen Wechsel des Tätigkeitsfeldes. Nikolai musste in seinem Herzen nicht lange nachforschen, um auf unerfüllte Träume und unbefriedigte Ambitionen zu treffen. Einen Monat nach dem in solchen Fällen obligatorischen rauschenden Saufgelage ließ er in einem entfernten Winkel seines Landguts ein Krankenhaus errichten.

Parallel zu den Bauarbeiten lief die Anschaffung von medizinischem Gerät bei den besten Firmen der Welt, dessen Installation und – natürlich – das Studium von Lehrbüchern der praktischen Chirurgie. Um allen Formalitäten Genüge zu tun, kaufte sich Nikolai ein Diplom, das ihm den Abschluss einer entsprechenden Lehranstalt bescheinigte, und ließ sich eine Erlaubnis für die Einrichtung einer privaten Arztpraxis ausstellen.

Nach einem weiteren halben Jahr wurde das Personal eingestellt: ein Assistenzarzt, der gerade das vierte Studienjahr einer medizinischen Akademie absolvierte – ein aufgeweckter Bursche, der dringend Geld brauchte –, zwei OP-Schwestern, zwei Stationsschwestern und drei einander abwechselnde Intensivpflegerinnen. Für die vier Einbettzimmer war das mehr als ausreichend. Groß waren die jugendliche Ungeduld und das Verlangen, diese spannende Aufgabe endlich anzugehen.

Und so kam schließlich der Tag, da drei Leibwächter feierlich den ersten Patienten in die steril blitzende Klinik brachten, dessen Organismus von einem gefährlichen Leiden befallen war und daher eines operativen Eingriffs bedurfte. Es war ein Penner vom Kursker Bahnhof, der sich nur sehr unwillig in die Hände der Medizin begeben hatte. Sogar physischen Widerstand hatte er geleistet. Als die wackeren Burschen vor seinem Nachtlager vorfuhren und ihn fragten: »Na, Alter, Lust auf eine kostenlose medizinische Behandlung?«, war er zu Tode erschrocken. In seinem Milieu kursierte nämlich der Mythos, dass Kriminelle seinesgleichen einfingen, um ihnen Organe zur Transplantation herauszuschneiden. Dieser massenhaft verbreitete Irrtum ist naiv und absolut haltlos, schließlich ist jedes beliebige Organ eines beliebigen Penners in beklagenswerterem Zustand als das entsprechende zu ersetzende Organ des Patienten. Man war gezwungen, den Armen gewaltsam mitzunehmen, womit allerdings kein hohes Risiko verbunden war. Jeder weiß, dass ein Vorfall mit einem Penner unter gar keinen Umständen geeignet ist, die Aufmerksamkeit der faulen und desinteressierten Miliz zu erregen. »Je weniger von diesem Abschaum, desto besser für das Wohlbefinden der Reisenden am Bahnhof« – ungefähr so könnte eine der ungeschriebenen Anweisungen der Verkehrsmiliz lauten. Dennoch wurde beschlossen, alle weiteren Kunden mit zwei Glas Wodka zu ködern.

Und so trat also der erste Patient, sorgfältig desinfiziert, fürsorglich ernährt und nicht mehr ganz so nervös vor den angehenden Chirurgen. Nachdem Nikolai den Patienten nach seinen Beschwerden befragt, abgetastet und abgeklopft sowie Befunde und Röntgenbilder gründlich studiert hatte, stellte er die Diagnose: Gangrän am rechten Fuß. Obwohl es sich dabei, wie aus der Blutanalyse hervorging, um eine alte Arthritis im fortgeschrittenen Stadium handelte. Doch Analysen waren eben nur Analysen – das beste Diagnosewerkzeug waren, wie schon der erfahrene Vater gesagt hatte, noch immer die Hände in organischer Verbindung mit dem Kopf. Also wurde die angeschwollene, blau angelaufene und stark riechende Extremität amputiert, obschon ebendiese Symptome die unterschiedlichsten Ursachen haben können, einschließlich einer banalen Prellung.

Nikolai glaubte ernsthaft, dass er den Mann vor dem sicheren Tod gerettet hatte, denn der Prozess, dem er entschlossen Einhalt geboten hatte, wäre unweigerlich das Bein entlang nach oben gewandert und hätte so den gesamten Organismus befallen. In gewisser Weise hatte er Recht: Der Patient war tatsächlich dem Tod entronnen, nämlich nicht unter dem Messer dieses chirurgischen Anfängers gestorben.

Nach der Operation rief der Assistent: »Gratuliere zum Einstand, Nikolai Michalytsch!«, und nach alter Chirurgentradition leerten alle eine Mensur reinen medizinischen Alkohols.

In der Folge ging jedoch nicht alles so glatt. Mitunter starben die Patienten sogar bei so einfachen Operationen wie der Entfernung eines entzündeten Blinddarms oder beim Spülen einer vereiterten Kieferhöhle. Nikolai litt jedes Mal furchtbar, wenn er einen Patienten verlor, doch schob er die überdurchschnittlich hohe Zahl letaler Ausgänge nicht nur auf seine Unerfahrenheit, sondern auch auf die geringe körperliche Widerstandsfähigkeit seiner besonderen Patienten.

Neben dem Krankenhaus musste eine Leichenhalle gebaut und etwas weiter entfernt ein Friedhof angelegt werden, der sich recht bald mit frischen Gräbern zu füllen begann. Die Kreuze darauf entsprachen nicht ganz dem üblichen Kanon: Die Aufschriften nannten nämlich nicht nur Vor-, Vaters- und Nachnamen des Toten sowie dessen Geburts- und Todesdatum, sondern auch die lateinischen Bezeichnungen der Krankheiten, an denen die Unglücklichen verstorben waren. Dadurch erhielt die Grabstätte einerseits ein edles Äußeres, befördert durch das alte Latein, andererseits aber auch etwas Lyrisch-Literarisches, denn man fühlte sich unweigerlich an ein Herbarium erinnert, dessen Beschriftungen ja auch lateinisch sind, an trockenes, gelbes Laub, an Margaret Mitchells ›Vom Winde verweht‹ …

Die Formalitäten wurden dabei natürlich nicht eingehalten. Was auch völlig unmöglich war, denn keine Behörde der Welt hätte eine Sterbeurkunde für einen dahingeschiedenen Patienten ausstellen können, der in seinem Leben noch nie einen Pass gesehen hatte.

Allmählich sammelte Nikolai Erfahrung, wobei ihm in vieler Hinsicht die verstorbenen Patienten halfen. Im Sektionsraum widmete er sich mit dem Assistenten nicht nur voll professioneller Neugier dem Studium der menschlichen Anatomie, sondern verbesserte auch seine Technik beim Aufschneiden weicher Gewebe oder beim Zersägen von Knochen. Langsam, aber sicher vollzog der heranreifende Chirurg an den Leichen Magenresektionen, entfernte Kavernen aus Lungen, legte Shunts zwischen Herzkranzgefäßen und entfernte bösartige Tumore.

Immer seltener unterschieden sich seine Diagnosen vom tatsächlichen Zustand der Patienten. Seine Hand wurde sicherer. Der Umgang mit dem Skalpell filigraner. Folglich ertönte im OP-Saal auch immer seltener das hysterische Rufen der Schwester: »Doktor, wir verlieren ihn!« Und nach der Operation musste man nun nicht mehr besorgt jeden Einzelnen aus dem Team befragen: »Bist du O. K.? Bist du O. K.? Bist du O. K.?«

Nikolai ging nun allmählich von einfachen zu komplizierteren Operationen über. Was zu einer qualitativen Veränderung der Statistik führte. Hatte zuvor ein missglückter chirurgischer Eingriff in der Regel zum Tode des Patienten geführt, war es nun so, dass fehlerhaft operierte Kranke nicht nur überlebten, sondern sogar neue, oftmals nicht einmal menschliche Eigenschaften erwarben. So war der Patient R12 mit einer Lungenentzündung eingeliefert worden, die als Nierenkolik interpretiert wurde. Als er nach zwei Wochen die Station verließ, konnte er durch die Analöffnung urinieren. Patient Q29, den man aufgrund einer gerissenen Achillessehne operiert hatte, bekam fortan nach dem Rauchen einer Zigarette prophetische Halluzinationen. Zwei Zigaretten ermöglichten es ihm, in geringem Maße die Zukunft zu steuern. Nachdem man Patient W48 einen bösartigen Hirntumor entfernt hatte, verfügte er über die Reflexe der Roten Waldameise *Formica rufa*, und zwar nicht die einer Arbeiterin, sondern eines Soldaten. Dies drückte sich so aus, dass er die gesamte medizinische Belegschaft des Krankenhauses nicht nur als seine Familie betrachtete, sondern auch mit großer Aggressivität vor »Fremdlingen« – Leibwächtern und Reinigungspersonal – verteidigte. Einen Stallburschen, der einmal unbedacht die Klinik betrat und einen scharfen Feindgeruch absonderte, riss er dabei beinahe in Stücke. Also verkürzte man seinen stationären Aufenthalt auf ein Minimum und brachte *Formica rufa* schleunigst in seinen natürlichen Lebensraum – den Kasaner Bahnhof – zurück. Sein weiteres Schicksal ist unbekannt.

Ein Jahr später geschah das Unausweichliche. Nikolai, nun Profi in seinem Metier, verlor die Fähigkeit, fremden Schmerz nachzufühlen. Das ist eine völlig natürliche und für einen Chirurgen sogar notwendige Eigenschaft, denn ihr ist es zu verdanken, dass bei dieser verantwortungsvollen Arbeit, von der das Leben des Operierten abhängt, überflüssige Emotionen ausgeschaltet werden, die nur unnötige Nervosität und somit zittrige Hände hervorrufen.

Nikolai begann sich für medizinische Experimente aller Art zu interessieren. Er begann von den strengen Vorschriften der methodischen Lehrbücher abzuweichen und angewidert auf die langweiligen Normen der Chirurgie zu blicken. In seinem Team ging es da wesentlich lustiger zu, was sich natürlich sofort auf die Exitus-Kurve auswirkte. Sie begann wieder anzusteigen, was wiederum den Ankauf eines weiteren Grundstücks für den sich unablässig ausdehnenden Friedhof erforderlich machte.

Und schließlich fand der begeisterte Chirurg das, wonach sich sein außergewöhnliches Unbewusstes heimlich gesehnt hatte. Beim Durchblättern alter medizinischer Fachzeitschriften stieß er auf einen Artikel, in dem berichtet wurde, wie zu Beginn der Siebziger sowjetische Biologen einem Hund einen zweiten Kopf »angenäht« hatten. Dieser doppelköpfige Hund hatte damals noch gut vier Jahre weitergelebt, und zwar nicht nur als chirurgisches Kunststück, sondern auch als Studienobjekt, das der sowjetischen Wissenschaft viel brachte. Ohne eine wirkliche Vorstellung von der Komplexität des Problems zu haben, beschloss Nikolai, einen zweiköpfigen Menschen herzustellen.

Natürlich hätte man, der medizinischen Ethik entsprechend, die Experimente zunächst an Hunden durchführen müssen und erst nach wiederholt stabilen Ergebnissen zum Menschen übergehen dürfen. Jedoch hätte Nikolai dafür erstens eine Unmenge überflüssiger Zeit in das Erlernen der Anatomie von Hunden stecken müssen. Und zweitens hätte es Probleme bei der Beschaffung des Experimentiermaterials gegeben, denn in Moskau gab es wesentlich weniger herrenlose Hunde als Obdachlose.

Als ich Nikolai kennen lernte, lief die Arbeit an der Erschaffung eines doppelköpfigen Monsters, mit dem man sowohl frühere Freunde als auch neue Bekannte – darunter Vertreter der künstlerischen Boheme, junge erfolgreiche Privatklinik-Ärzte und Stars elitärer Sportarten – beeindrucken konnte, bereits etwa ein Jahr. Doch ein erfolgreicher Abschluss lag noch in weiter Ferne. Die *Dubloids*, wie sie Nikolai nennt, lebten nicht länger als zwei Minuten, und auch das nur dank der angeschlossenen lebenserhaltenden Apparate.

Ich hatte Glück: Zum Zeitpunkt meines Besuchs befand sich ein ganz frischer *Dubloid*-Leichnam im Krankenhaus. Man hatte ihn noch nicht einmal in den Sektionsraum gebracht, sondern gerade erst von den verschiedenen Schläuchen abgehängt, die mit Flüssigkeiten und Gasen das Leben in einem Körper unterstützt hatten, der nicht hatte leben wollen. Auf vier Bildschirmen zeichneten Lichtstrahlen tragisch monotone Geraden. Der Körper wurde allmählich kalt, zwei im Todeskampf verzerrte Grimassen glätteten sich.

Ich trat näher heran, um die noch immer blutende Stelle zu betrachten, wo man den zweiten Kopf mit groben Stichen an den fremden Körper angefügt hatte. Und plötzlich hob einer der Köpfe – der »andere« – die Lider, und zwei blaue Augen blickten mich verständig an. Dann öffnete sich der Mund, und deutlich erklang die keineswegs rhetorische Frage: »Wo bin ich?«

Trotz der drei Stunden, die ich mit dem Hausherrn in

seinem Büro bei ein paar Gläsern Wodka verbracht hatte, trotz all der Erzählungen aus seiner medizinischen Praxis wurde mir unheimlich. Ich fuhr zurück. Doch Nikolai beruhigte mich, dieses Phänomen hinge mit einem galvanischen Effekt zusammen, der in dem leblosen Körper infolge unterschiedlicher bioelektrischer Potentiale der beiden Hirntypen entstehe. Das eine Hirn habe nämlich einem Brünetten gehört, und das andere – das labilere, das die unangebrachte Frage gestellt hatte – einem Blonden.

Auf die Frage, warum Nikolai denn so unterschiedliche Psychotypen miteinander verbinden wolle, antwortete er treuherzig: »Damit mehr Farbe hineinkommt.« Und ich begriff, dass seine Experimente sicherlich nicht so bald, wenn überhaupt, einen erfolgreichen Abschluss finden würden.

Danach gingen wir zu den Einzelheiten über: Wir diskutierten die Methoden der Verbindung von Köpfen, deren es genau zwei gab. Man konnte sie nebeneinander platzieren, so dass sich das linke Ohr des einen neben dem rechten Ohr des anderen befand. Und man konnte so vorgehen, dass der eine Kopf – der »eigene« – nach vorn blickte, und der andere – der »angenähte« – nach hinten. Dabei würden sich dann ihre Nacken berühren. Den ersten *Dubloid*-Typen nannte Nikolai »Salonmodell«, den zweiten »Kampfmodell«.

Kurz darauf trafen einige wunderbare frische Exemplare ein, und es begann die hektische Vorbereitung des Experiments. In das Allerheiligste der Anstalt, den OP-Saal, der nun mit Hilfe einer Quarzlampe sterilisiert wurde, ließ man mich natürlich nicht hinein. Also wartete ich auf den Hausherrn im Gang und rauchte. Einen Augenblick später lud man einen toten *Dubloid* auf eine Bahre, den noch immer der galvanische Effekt quälte. Bald gab er ein dumpfes Stöhnen von sich, bald fragte er jemanden, vielleicht mich, mit unverhohlener Kränkung in der Stimme: »He, Mann, was soll denn das Ganze? Diese Arschlöcher! Was hab ich denen denn getan, Mann?« Ein Versuch, mit dem Leichnam zu reden, wäre absolut sinnlos gewesen. Ihm auf seine Fragen eine Antwort zu geben, sogar völlig hirnrissig. Ich kann mir vorstellen, wie komisch das ausgesehen hätte.

Die furchtbare Rache

Olga war zwanzig Jahre jünger als Nikolai. Ihrem Familienglück stand dies jedoch nicht im Weg. Im Hause herrschten Frieden und Eintracht, die auf beiderseitiger Anziehung, gemeinsamem Reichtum, sexueller Harmonie und der gegenseitigen Achtung persönlicher Interessen beruhten. Nikolais Interessen konzentrierten sich dabei voll und ganz auf die selbstlose Leitung eines Unternehmens, zu dem Banken, Büros, Firmen und andere Ausgeburten der russischen Geschichte der neunziger Jahre gehörten. Und nur ein kleiner Anteil blieb für die Befriedigung jener fatalen Leidenschaft übrig, von der im Weiteren die Rede sein wird.

Olga hingegen liebte alles Grelle und Exzentrische. Also veranstaltete sie regelmäßig Partys bei sich, zu denen sämtliche Stars der heimischen Unterhaltungsbranche geladen waren. Laute Zusammenkünfte waren das, die auf Hausmädchen und Tischdiener einen überwältigenden Eindruck machten – sie hatten das Gefühl, einem großen Mysterium beizuwohnen, als ob die Fotos aus der Wochenzeitschrift ›7 Tage‹ zum Leben erwacht und von deren Seiten herabgestiegen seien.

Da waren jene Jungs und Mädels, die, vom grellen Rampenlicht der Großstadt angezogen, gerade erst aus der Provinz eingeflogen waren, bereits mit Kreditkarten umzugehen wussten, aber noch nicht gelernt hatten, Messer und Gabel gleichzeitig zu gebrauchen; die den Ritus der homosexuellen Initiation – vollzogen von den mächtigen Musikkritikern populärer Zeitschriften – bereits hinter sich, die von den Haien des Showbusiness in sie investierten Mittel jedoch noch nicht abgearbeitet hatten. Daneben durchaus reife Menschen, die ihre kreative Karriere in Vokal- und Instrumentalgruppen sowie in Restaurantorchestern begonnen und später, gebilligt und unterstützt von der Kulturabteilung des ZK der KPdSU, den musikalischen Olymp der Sowjetunion erklommen hatten. Und schließlich solche, die man »betagt« hätte nennen können, wenn sie nicht zur ewig jungen Spezies der Unterhaltungskünstler gehört hätten. Manchmal hielt sich dort sogar ein rastloser, mit Lorbeer sowie dem kompletten Satz sowjetischer und russländischer Orden geschmückter, des Ruhms und der Ehren müder Werksältester auf, der insgeheim sämtliche Kasinos und Restaurants der Hauptstadt betreute … Wer war nicht alles da!

Nikolai widmete sich in der Stille seines Arbeitszimmers intensiver geistiger Arbeit, die den Einsatz seines ganzen Intellekts sowie maximale Konzentration und Aufmerksamkeit erforderte. In Olgas Hälfte erklang bis in den Morgen hinein Musik, ertönte ungehemmtes Gelächter und knallten die Champagnerkorken. Hier war das Reich der Emotionen.

Wohl kaum jemand wird sich für eine Beschreibung dessen interessieren, womit sich Nikolai in seinem Arbeitszimmer die Zeit vertrieb, wenn er stundenlang vor dem Computer saß, Übersichten, Bilanzen, Indizes und Fachartikel durchsah, mit den Fingern über die Tastatur eilte und per Internet mit Referenten, Assistenten, Partnern und Konkurrenten kommunizierte.

Ganz anders die aufregenden Partys, die unter der Rubrik »Leute von heute« viele Spalten hätten füllen können, hätte man den skandalhungrigen Schmierfinken der Zeitungen und Magazine nicht den Eintritt verwehrt.

In der Regel kam man gegen neun Uhr zusammen. Dann schallte fröhliches Hupen durch die umliegenden Wäldchen, bei dem mal die frech geplärrte Melodie von ›La Cucaracha‹, mal die von ›Gott erhalte den Zaren‹, mal von ›Arlekino‹, mal von irgendeinem Gaunerlied ertönte. Genauso unterschiedlich und bizarr waren die Kostüme, welche die Bühnenstars in Märchenvögel mit exotischen Tropenfedern verwandelten. Einen zufälligen Zeugen – wäre ein solcher zu diesen elitären Festen zugelassen worden – hätte jedoch am meisten jener Charme, jene Exzentrik verblüfft, die in den Gesten, den Worten, der Sprachmelodie der Gäste anklang: eine mit Hilfe von Visagisten und Image-Beratern sorgfältig einstudierte verfeinerte Vulgarität.

Die Partys bei Olga hatten kein festes Programm, wie es bei den Night-Club-Veranstaltungen für den Mob üblich ist, wo die Stars nur auftauchen, wenn sie Geld verdienen oder sich mal wieder der Presse zeigen wollen. Bei Olga arbeitete man nicht, man erholte sich. Bisweilen wurde der mondäne Smalltalk daher von glanzvollen Improvisationen unterbrochen, zu denen große Meister nur in entspannter, freundschaftlicher Atmosphäre fähig sind. N. brillierte auf einer wer weiß wo aufgetriebenen Mandoline mit einem Monroe-Song aus ›Manche mögen's heiß‹. O. und P. parodierten ein Gespräch zwischen

Jelzin und dem jungen Vizepremier Nemzow, R. eine Fernsehreklame für Damenbinden von Johnson & Johnson. S. imitierte auf einer Rhythmusgitarre einen männlichen Orgasmus. T. machte einen auf Proletin und beschimpfte kunstgerecht die Anwesenden – zunächst alle miteinander, dann jeden einzeln. U. legte einen professionellen Striptease über die ganze Länge des Büfetttisches hin ... Die Einfälle der Gäste kannten keine Grenzen.

Einfallsreichtum bewiesen sie auch bei den unglaublichsten sexuellen Phantasien, die jeder – wie unter Künstlern üblich – mit der gesamten Gesellschaft teilte. Es war eine Art Wettbewerb, mit dem obligatorischen Preis für den Sieger und regelmäßig erstellten Charts.

Man muss erwähnen, dass in dieser High-Society-Schickeria große moralische Freiheit und Lockerheit in Bezug auf intime Beziehungen herrschten. In der Regel dauerte keine Verbindung länger als zwei Tage. Die Partner wählten einander mit größter Sorglosigkeit und ließen sich dabei oft von unseriösen Überlegungen leiten: etwa dem praktischen Zuschnitt eines Kleides, der es ermöglichte, ohne Ablegen desselben Tuchfühlung aufzunehmen, dem Fehlen einer Strumpfhose oder dem Vorhandensein einer Krawatte zum Fesseln der Hände bei Sado-Maso-Spielchen.

Dabei galten all diese Beziehungen eigentlich nicht als intim, sondern als freundschaftlich, denn sie spielten sich zwischen Menschen ab, die einander seit tausend Jahren kannten. Als intime Beziehung qualifizierte man in diesem lasterhaften Kreis ungeschützten Sex zwischen einem Mann und einer Frau.

Ob Nikolai von diesem besonderen Aspekt an Olgas Festen wusste? Als kluger Mensch ging er wohl von der Möglichkeit derartiger Exzentrik aus, maß ihr aber keine große Bedeutung bei. All dieser bizarre Unfug wurde nämlich gänzlich von einem leichten Schuldkomplex aufgewogen, aufgrund dessen Olga sich sowohl mit Nikolai im Bett als auch in ihrer Rolle als Mutter mächtig ins Zeug legte.

Dieses ruhige und gleichmäßige Leben wurde jedoch von einem Umstand gestört, den Nikolai nicht vorausgesehen hatte. Plötzlich hatte er nämlich, so komisch das auch klingen mag, einen Nebenbuhler.

Der war ein Mann mittleren Alters, mit asiatischen Gesichtszügen und, wie es scheint, ebensolchem Nachnamen in geschmackloser Paarung mit einem amerikanischen Vornamen. Er war Manager einer Popgruppe, in der fünf junge Männer auftraten, beweglich wie Katzen und eingespielt wie eine Maschine. Böse Zungen behaupteten, sie hätten sich zu homosexuellen Beziehungen mit ihrem Boss verpflichtet. Das war jedoch unmöglich, denn er war ein seriöser, solider und derart altmodisch eingestellter Mensch, dass er sich eher zu Filmschauspielerinnen vorgerückten Alters hingezogen fühlte. Seinen Zöglingen konnte er somit nichts anderes als väterliche Gefühle entgegenbringen.

Schon bald nachdem dieser zurückhaltend lächelnde Mann zum ersten Mal in ihrem Hause erschienen war, erkannte Olga in ihm männliche Solidität, tiefen Anstand, eine großzügige Seele und einen – im Vergleich zu ihren Dauergästen – überdurchschnittlichen Intellekt. Olga, der die oberflächlichen Normen der Boheme immer etwas fremd geblieben waren, begriff, dass dies etwas *Echtes* war, und stürzte sich Hals über Kopf in die tosende Brandung der über sie hereinbrechenden Gefühle. Ihr Auserwählter war klug genug, um klopfenden Herzens auf die Laune der Gattin eines der sieben mächtigsten russischen Bankiers einzugehen. Sämtliche möglichen Folgen dieses Schritts abzuschätzen vermochte er jedoch nicht.

Vor dem Hintergrund des ausschweifenden Ringelreihens entspann sich zwischen ihnen eine feste Beziehung. Hinter dem Rücken der beiden zu monotonem Sex Verdammten witzelte man: »Unser Schwerenöter hier versucht wohl mit seinem Stecken einen gepanzerten Banksafe zu knacken ...«

An diesem Scherz war durchaus etwas Wahres. Schon bald bestand Olga darauf, dass ihrem Liebhaber ein Sonderkonto eingerichtet wurde, das vor steuerlichen Belastungen geschützt war.

Nikolai richtete das Konto ein. Dabei machte ihn das seltsam wählerische Verhalten seiner Frau in Bezug auf die Mitglieder ihres Salons schon ein wenig stutzig, obgleich es nicht gegen die ungeschriebenen Gesetze der Familie verstieß. Schließlich geriet er bisweilen selbst in den Bann irgendeiner Aktiengesellschaft, kämpfte mit übertriebenem Eifer gegen Mitbewerber um ihr Kontrollpaket und kaufte sie schließlich, obwohl er wusste, dass er dabei nur Verluste machte. Die Leidenschaft hat ihre eigenen Gesetze, und oft widersprechen diese dem gesunden Menschenverstand.

Eines wunderschönen Morgens erfuhr Nikolai jedoch, dass Olga während seiner Abwesenheit ihren Boyfriend in treuloser, zynischer und leichtfertiger Weise in seinem

Büro traf. Und zwar derart offen und schamlos, dass man seinen Namen schon bald in den Boulevardblättern rauf und runter deklinieren würde. »Paparazzi haben hier gerade noch gefehlt!«, schoss es Nikolai wild durch den Kopf. Kurzerhand beschloss er, radikal durchzugreifen, und beauftragte seine Untergebenen, entsprechend gründliche Vorbereitungen zu treffen.

Zwei Monate später bestellte Nikolai die übermütigen Liebenden zu sich ins Büro. Mit ruhiger, leidenschaftsloser Stimme teilte er ihnen mit, die zwischen ihnen entstandene Beziehung sei nicht nur anstößig, sondern auch kriminell, da sie nicht nur seinen guten Leumund, sondern mehr noch den Ruf der Bank gefährde. Daher könne diese Hurerei so nicht weitergehen. Sich mit einem Veto gegen diese unkonventionelle Beziehung zu begnügen, entspreche jedoch nicht seinen Regeln. Die Schuldigen dürften der verdienten Strafe nicht entgehen. Er sei geneigt, den Boygroup-Manager als Hauptschuldigen ihrer unmoralischen Verschwörung anzusehen, denn als Mann sei dieser in höherem Maße zu vernunftgeleitetem Handeln in der Lage als die Frau, deren zerebrale Aktivität ja überwiegend emotionaler Natur sei.

»Daher sehe ich mich gezwungen, Ihnen den Vor- und Nachnamen sowie die Biographie zu entziehen«, verkündete Nikolai das Urteil, dem kreidebleichen Zerstörer des Familienfriedens fest in die Augen blickend. Dieser begriff nichts, nicht nur aus Angst, sondern auch wegen der seltsamen Formulierung. An dem vor Verwirrung erstarrten Blick erkannte Nikolai, dass es einer Erklärung bedurfte. Diese folgte auf dem Fuß.

»Man sieht Sie häufig im Fernsehen. Ihr Konterfei wird

in Zeitschriften abgedruckt. Ganze Säle applaudieren Ihnen. Deshalb halten Sie sich zweifellos für einen einzigartigen und völlig unersetzlichen Menschen. Das ist jedoch ein großer Irrtum. Er beruht auf der Unkenntnis der östlichen Philosophie, die Ihnen doch wesentlich näher und verständlicher sein sollte als mir, einem Menschen der russischen Kultur. Niemand ist unersetzlich, darin werden Sie mir schon bald zustimmen. Von nun an wird jemand anders Sie sein. Sie dagegen werden einige Zeit als Gefangener mit Sonderstatus in meinem Haus verbringen. Ich versichere Ihnen, materiell wird es Ihnen an nichts fehlen. Was jedoch ein gewisses seelisches Unwohlsein angeht, kann ich Ihnen leider nichts versprechen. Wissen Sie, es handelt sich ja immerhin um eine Bestrafung …«

Nachdem er diese unheilvollen Worte mit gleichmütiger Stimme ausgesprochen hatte, läutete Nikolai ein kleines Waldaj-Glöckchen, und durch eine Seitentür trat – der Boygroup-Manager herein. Der neue Boygroup-Manager unterschied sich äußerlich in nichts von dem alten, dem Sünder. Gesichtszüge, Augen- und Haarfarbe, Frisur sowie die Form von Nase und Ohren waren absolut identisch. Diese völlige Übereinstimmung wurde ergänzt durch den gleichen Anzug, das gleiche Hemd, die gleiche Krawatte, die gleichen Stiefel und Socken sowie den gleichen Ring am gleichen Finger der rechten Hand. Hätte jemand in dem verzweifelten Versuch, wenigstens einen einzigen Unterschied zu finden, die beiden Zwillinge gebeten, sich zu entkleiden, so wäre er auch hier nicht fündig geworden: Nicht nur die Unterwäsche war die gleiche, auch der Haarwuchs auf Brust und Beinen war von gleicher Dichte und Struktur.

Als der falsche Boygroup-Manager zu sprechen begann, ertönte die gleiche Stimme, begleitet von der gleichen Mimik und Gestik. Sogar Lexik und Satzbau waren die gleichen.

Nachdem Nikolai die erzielte Wirkung genossen hatte, befahl er, den wahren Boygroup-Manager abzuführen, bevor man ihn mit dem Doppelgänger verwechselte. Dann verkündete er Olga mit absoluter Bestimmtheit, wenn sie den vorzeitigen und qualvollen Tod ihres ehemaligen Liebhabers vermeiden wolle, so solle sie ihre Zunge hüten und sich so verhalten, als sei nichts passiert.

Die halb ohnmächtige Olga und der Boygroup-Manager kehrten zu den Gästen zurück.

Obschon der ertappte Liebhaber zutiefst bedrückt war, nährte er dennoch eine völlig unbegründete Hoffnung in Bezug auf sein weiteres Schicksal. Vielleicht zwei Monate, so rechnete er sich aus, werde er seine Schuld hinter Schloss und Riegel abbüßen müssen, doch dann werde man ihn in sein bisheriges Leben zurückkehren und den Doppelgänger daraus verschwinden lassen.

Doch Nikolai war um einiges einfallsreicher und gnadenloser, als der gefangene Lustmolch ahnte. Eines der Prinzipien, von denen er im Leben am seltensten abwich, ließ sich so formulieren: »Hör nicht auf jene, die um Buße und Besserung bitten, denn wer einmal gefallen ist, wird nicht zögern, ein zweites Mal zu fallen.«

Der Gefangene wurde in ein recht bequemes, unterirdisch gelegenes Zimmer gesperrt, dessen Wände keinen Laut durchließen. Ein Fernseher wurde aufgestellt, in dem von Zeit zu Zeit die Auftritte seiner Gruppe übertragen wurden. Regelmäßig versorgte man ihn mit Zeitungen und

Zeitschriften, in denen er die vielen Interviews seines Doppelgängers lesen konnte.

Die Tage verliefen ziemlich eintönig. Dreimal am Tag erschien ein Wächter: Morgens brachte er das Frühstück, mittags das Mittagessen und abends das Abendessen. Aus der gesamten Besteckvielfalt gab es nur einen Löffel. Anfangs war das ärgerlich, doch wurde es alsbald zur Gewohnheit, ein Stück Fleisch mit dem Löffel aufzunehmen und davon abzubeißen. Im Fernsehen liefen in endloser Folge Actionfilme und Seifenopern.

Nach drei Wochen der Einsamkeit begann ein ungewöhnlich plebejischer, beschränkter und fehlerhaft sprechender *Jemand* täglich in seinem Zimmer vorbeizuschauen. Von den vielfältigen Formen des Zeitvertreibs, welche die Menschheit im Laufe der Jahrtausende ihrer Existenz erfunden hat, kannte er nur zwei: »Mau-Mau« spielen und platte Witze reißen. Doch nahm er auf seltsame Weise für sich ein und sorgte für Ablenkung von Einsamkeit und trüben Gedanken. Nach einer gewissen Zeit freundeten sie sich an.

Die einzige Gewalt, die man dem Gefangenen antat, bestand in der Entfernung der vier oberen Schneidezähne. An ihrer Stelle setzte man eine Brücke aus glänzendem rostfreiem Stahl ein. Und selbst das geschah auf äußerst humane Weise: unter Vollnarkose.

Nach einem halben Jahr wurde der ehemalige Boygroup-Manager, gekleidet in ein schief sitzendes Jackett und sackartige Hosen, in die Freiheit entlassen. Olga war bei der Abschiedszeremonie nicht anwesend, sie hatte sich bei ihrem Ehegatten krankgemeldet. Der verstand ihre verwirrten Gefühle und zeigte sich barmherzig, ein Gefühl, das Nikolai durchaus nicht fremd war, wenn er in jemanden einiges investiert hatte.

Dem armen Kerl, der nun endlich begriff, in welch furchtbarer Lage er sich befand, gab Nikolai Folgendes mit auf den Weg:

»Nun also dürfen Sie endlich mein gastfreundliches Haus verlassen, in dem Sie – bedenkt man Ihre frühere soziale Stellung – ungebührliches Glück erfahren, doch dann einen harten, aber gerechten Heilungsprozess durchgemacht haben. Natürlich steht es Ihnen frei, Ihren einstigen Freunden und den Vertretern des Gesetzes zu erklären, dass Sie der Manager dieser Popgruppe sind. Und dass das Schicksal Ihnen übel mitgespielt hat. Anstelle des gesichtslosen Schicksals können Sie von mir aus sogar meinen Namen erwähnen. Ich rate Ihnen jedoch, Ihre Zeit nicht sinnlos zu vergeuden, denn Sie sind nun ein Niemand. Sie haben die großartige Chance, Ihr Leben von vorn zu beginnen. Und es so zu gestalten, wie es Ihnen nun, im reifen und erfahrenen Alter, vorschwebt, und nicht so, wie es sich bei allen normalen Sterblichen aufgrund jugendlicher Illusionen, Fehler und Zufallshandlungen ergibt. Ich beneide Sie aufrichtig. Und wünsche allen erdenklichen Erfolg. Ich bin überzeugt, die Welt wird noch von Ihren glänzenden Erfolgen in irgendeinem seriösen Bereich menschlicher Betätigung hören.«

Und er überreichte als Startkapital einen Hundertdollarschein.

War dieses Geleitwort auch mit deutlichem Hohn gesprochen worden, so war doch etwas Wahres daran. Der einstige Boygroup-Manager war ein energischer, durchsetzungsfähiger und geschäftstüchtiger Mann. Wenn er wieder bei null – also mit dem Kauf eines neuen Passes – anfing, konnte er sich durchaus eine neue, glänzende Karriere aufbauen.

Was ihn jedoch letztlich zugrunde richtete, war schlichte Gier: die Unfähigkeit, auf das Geld, den Ruhm und die gesellschaftliche Stellung zu verzichten, für die er jahrelang gearbeitet, sich erniedrigt und stets auf Messers Schneide getanzt hatte. Er versuchte hartnäckig, seine Künstlerkollegen zu treffen und sie davon zu überzeugen, dass er der Manager jener berühmten Popgruppe und ihr guter Freund war. Meistens warf man ihm bereits die Tür vor der Nase zu, wenn er seine proletenhaften Stahlzähne entblößte. Zweimal lud man ihn freilich zu Tisch, um sich mit dem komischen Kauz, der eine gewisse Ähnlichkeit mit dem berühmten Boygroup-Manager hatte, einen Spaß zu machen. Doch sobald er anfing, den Salat mit dem Esslöffel zu schaufeln, entledigte man sich seiner sofort, da man in dieser eigenartigen Tischsitte die Manieren eines gerade entlassenen Häftlings zu erkennen glaubte. Was ja eigentlich auch stimmte.

Am Ende ging dem Bühnenklüngel diese ungeschickte Anmache doch ziemlich auf die Nerven, weshalb man mehrfach bei den Rechtsschutzorganen um Befreiung von den Belästigungen dieses stadtbekannten Idioten ersuchte.

Der Miliz erzählte unser unglücklicher Held allerlei Ungereimtheiten über seine glanzvolle Vergangenheit und darüber, wie unbarmherzig Nikolai mit ihm umgegangen war. Die dienstfreien Milizionäre, die sich versammelt hatten, um sich diesen Trottel anzuschauen, lachten am lautesten über den Satz: »Und dann hat er mich durch einen anderen ersetzt.«

Nachdem jeder Mitarbeiter des städtischen Milizreviers mindestens zweimal diese Geschichte genossen hatte, wurde der Verhaftete in ein psychiatrisches Krankenhaus überführt. Tja, und dort stellte man die völlig offensichtliche Diagnose: Größenwahn.

Der Herr der Steppe

Dmitri war ein Produkt der großen russischen Literatur. Sie war es, die ihn in der Kindheit erzogen und in reiferen Jahren durchs Leben geführt hatte. Sein Charakter hatte sich jedoch nicht als die Summe jener vielen geistigen Vorschriften herausgebildet, die der russische Roman des 19. Jahrhunderts enthält, sondern als deren Gegenteil. Damals hatten die Schriftsteller versucht, beim Leser, für den sie moralische Verantwortung trugen, solche Eigenschaften wie ein menschliches Gewissen, den Primat des Gefühls vor dem Verstand, Güte, Nachsicht mit den Sündern, Verachtung für Reichtum und Abscheu vor Machtgier, Ehrlichkeit, einen großmütigen Geist und ein weites Herz zu wecken.

Dmitri, der seine Lieblingsautoren Fjodor Dostojewski und Leo Tolstoi schon fast auswendig kannte, las die erhabenen Szenen jedoch mit höhnischem Gelächter und genoss die niederträchtigen Momente, in denen das Böse über das Gute triumphierte. Er wurde ein selten gewissenloser Mensch, berechnend, böse, grausam zu denen, die auf der sozialen Leiter unter ihm standen, gewinnsüchtig und machtbesessen, ehrlos, materialistisch und geizig.

Diese Charaktereigenschaften förderten Dmitris steile Karriere im Finanzgeschäft. Doch ließen sich im Beruf im Grunde nur zwei seiner Leidenschaften ausleben: Eigennutz und Machtgier. All die anderen Gefühle und Seelenzustände, deren Dmitris rastlose Natur so dringend bedurfte, musste er sich im Alltag verschaffen.

Also erwarb er, kaum dass sich die Möglichkeit ergab, hundertfünfzig Kilometer von Moskau entfernt Land. Ganz recht, *Land*, nicht nur irgendein Grundstück, denn es handelte sich dabei um etwa dreihundert Hektar. Er umgab seine umfangreichen Besitztümer mit einem unüberwindlichen Zaun und machte sich an die Bauarbeiten. Zuallererst wurde ein Herrenhaus mit Seitengebäuden für das Gesinde errichtet. Bald kamen ein Hundezwinger, eine Scheune und Pferdeställe hinzu. Und dann gab Dmitri, anstatt sich der Planung eines Parks mit Lauben, Teich und Badehaus zu widmen, die Anweisung, in einer entfernten Ecke, nahe einem kleinen Sumpf, fünfundzwanzig baufällige Hütten zu errichten. Ja, *baufällig* sollten sie sein, weshalb die Bauleute in den Wänden Spalten ließen, die Öfen schief konstruierten und in die kleinen Fenster trüben Glimmer einsetzten.

Nachdem alles eingerichtet war, begann Dmitri mit Hilfe des Chefs seiner Leibwache in den umliegenden Dörfern Leibeigene anzuwerben. Mit den Interessenten wurde ein Vertrag abgeschlossen und auf einem Laserdrucker zweifach ausgedruckt. Im Wesentlichen ging es darin um Folgendes: Der leibeigene Bauer erhält zur zeitweiligen Nutzung eine Hütte, ein Stück Land, Vieh, landwirtschaftliches Inventar und die nötige Kleidung: Bauernhemden, ärmellose Kleider für die Bäuerinnen, Bauernkittel und -röcke wie in früheren Zeiten usf. Er wohnt ohne Unterbrechung im Dorf, ernährt sich von den Früchten seiner Arbeit und führt die halbe Ernte an den Barin ab. Dafür werden dem Leibeigenen für jedes Mitglied seiner Familie, also jede Seele, einschließlich seiner selbst je zweitausend Dollar pro Jahr ausbezahlt.

Der Barin hat seinerseits das Recht, die Leibeigenen nach eigenem Ermessen zu Arbeiten für die Versorgung und Instandhaltung des Guts heranzuziehen, sie für mangelnden Eifer und Fahrlässigkeiten zu züchtigen, Ehen zwischen den Leibeigenen zu gestatten, zu verbieten und anzuordnen sowie im Falle von Streitigkeiten als Einziger zwischen ihnen Recht zu sprechen ...

Der letzte Punkt besagte, dass der Leibeigene den Vertrag nur am Jurjew-Tag auflösen dürfe.

Schließlich hatte das Dörflein alles, was dazugehörte. Und das Leben hinter dem hohen Zaun nahm ungeheuerliche, antievolutionäre Formen an.

Der Barin, in dem ein unstillbarer Durst nach Exzessen entbrannte, sorgte bereits am Tag zwei der neuen Zeitrechnung für ein Blutbad unter seinen Rekruten. Er versammelte sämtliche Muschiks einschließlich unverständiger Kinder und kraftloser Alter und befahl ihnen, einen Teich auszuheben. Doch da erhoben sich Stimmen, die an des Barins Vernunft appellierten: »Da graben wir ja zwei ganze Wochen dran, und wir haben doch unsere Wirtschaft noch nicht eingerichtet, außerdem steht die Heumahd bevor: Verpasst man da den Zeitpunkt, heißt es im Winter hungern.«

Zuvorkommend, als habe er Verständnis für die vordringlichen Nöte der Bauern, fragte Dmitri: »Wer ist noch dieser Meinung?« Das waren alle. Also holte sich Dmitri eine Jagdpeitsche und verpasste, unterstützt von vier robusten Leibwächtern, jedem von ihnen eine Tracht Prügel.

Anfangs geriet er dabei so sehr in Fahrt, dass er seine Kräfte überschätzte und die Letzten kaum noch schlug, sondern ihnen höchstens leicht auf den entblößten Rücken klopfte.

Je mehr Erfahrungen Dmitri während seiner uneingeschränkten Herrschaft machte, desto mehr wurde ihm bewusst, dass eigenhändige Züchtigung nicht der Gipfel des Genusses war. Somit übertrug er den Vollzug der Prügelstrafe des Öfteren auf seine Leibwächter, die darin professioneller waren.

Diese wilden Vergnügungen folgten in vielem einer historischen Tradition, der russischen Literatur entnommen, welche auf Dmitris ungewöhnliche Psyche einen so verderblichen Einfluss ausgeübt hatte. Zusammen mit seinem fünfzehnjährigen Sohn Grigori jagte er auf heißblütigen Rennpferden Hasen hinterher, die in der erforderlichen Menge bei der Jagdwirtschaft angekauft wurden. Die Umgebung mit Jagdgeschrei beschallend, was zusammen mit dem abgerissenen Bellen der Windhunde jedes lebende und ein wenig denkende Geschöpf in Angst und Schrecken versetzte, zielten sie darauf ab, Meister Lampe auf die Parzellen der Bauern zu treiben, um so nach Herzenslust durch Getreide und Gemüsegärten trampeln und dann noch in der Hitze des Gefechts jemandes klapprige Kuh aus zwei Läufen niederstrecken zu können.

Um dann, im speckigen Kittel in der Schreibstube sitzend und sich mit der Pratze die behaarte Brust kratzend, die wie Espenlaub zitternden Leutchen über ihre Rückstände zu vernehmen, ohne Hast die Einträge im Lagerbuch zu konsultieren, dabei Namen zu verwechseln und sich das klägliche, von den Worten »Barin, Barin, Barin ...« unterbrochene Gestammel anzuhören. Und am Ende eine

Strafe nach Recht und Billigkeit anzuordnen, das heißt entsprechend einer selbst ausgedachten Tabelle, die das Verhältnis von ausstehenden Pud und Anzahl der zu erteilenden Schläge anzeigte.

Manchmal hielt er – um den pädagogischen Effekt zu erhöhen – auf dem Hof Gericht, wobei er sich ohne Umschweife an das Volk wandte: »Na, ihr Strauchdiebe, tretet ihr vor euren gerechten Richter?!« Er suchte sich einen zähen Burschen heraus, den er mit auf den Rücken gebundenen Armen an einem Wippgalgen aufhängen und in Anwesenheit all seiner Seelen ohne Hast ausfragen konnte, wie tief er gepflügt, welchen Dünger er verwendet, wie viel Roggen und wie viel Weizen gesät, wie oft es geregnet und ob er auch stets die Krähen vom reifen Feld verscheucht habe.

Nicht weniger beklagenswert war das Los der Weiber. Zwar wurden die Bäuerinnen seltener und weniger hart geschlagen, doch waren es ihre eigenen, von der Erniedrigung gereizten Männer, die den armen Frauen das, was der Barin zu wenig gegeben hatte, hundertfach vergalten. Noch schlimmer erging es denen, die zum Hausgesinde zählten: den Köchinnen, Stubenmädchen, Beschließerinnen, den Kindermädchen des fünfjährigen Wassili sowie der dreijährigen Natalja. Die physische Last sexueller Gewalt war dabei noch am leichtesten zu ertragen. Doch wurde dies durch moralische Erniedrigungen zur Genüge ausgeglichen, denn stets war bei dieser Maßnahme die von ihrem Gemahl völlig verdorbene Barynja Ljudmila Sergejewna anwesend. Während der Barin seinen Trieb befriedigte, hieb sie wollüstig mit einer Peitsche auf die oben liegende Hausmagd ein.

Dmitris liebste geistige Beschäftigung war die Veranstaltung von Theateraufführungen im eigenen Hause, zu deren Zuschauern er selbst, seine Frau, sein ältester Sohn und der Chef der Leibwache gehörten. Die Rollen spielten ebenjene Hausmägde, und zwar völlig nackt. Das Repertoire bestand aus einem einzigen Stück: Gribojedows ›Verstand schafft Leiden‹. Wobei auch die männlichen Rollen von Frauen dargestellt wurden, denen man mit Asche Schnurr- und Kinnbärte angemalt hatte. Die Besonderheit der Inszenierung bestand darin, dass die Schauspielerinnen während der Dialoge aus Leibeskräften aufeinander einschlagen mussten. Markieren war unzulässig, darauf achtete ganz besonders der Barin selbst. Das Finale bot eine abstoßende Keilerei der Frauen, mit blutig gekratzten Gesichtern, ausgerissenen Haaren, wildem Geschrei und wüsten Flüchen. Der Vorhang fiel, sobald der Barin, des Treibens überdrüssig, mit einem Glöckchen klingelte. Auf die beste Schauspielerin wartete die herrschaftliche Liebe ohne Schläge sowie ein Ring mit farbigem Glasstein.

Das Seltsamste an dieser Geschichte ist, dass Dmitri trotz fortschreitenden Persönlichkeitszerfalls seine geschäftliche Stellung behaupten konnte. Die Bank, in der er dreimal wöchentlich vorbeischaute, operierte erfolgreich, die Zahl der Anleger wuchs, die Darlehen warfen stattliche Zinsen ab, und auch beim Börsenspiel blieb man unverändert auf der Gewinnstraße. Dmitri wurde einfach immer reicher.

Während der übrigen vier Wochentage richtete er Unvorstellbares an. Es kam sogar so weit, dass er einmal im Spätherbst in blinder, trunkener Raserei die Hütte eines Mannes in Brand setzte, weil dieser vor ihm nicht die

Mütze abgenommen hatte. Und dabei war es gar kein Mann gewesen, sondern ein schon halb erblindeter Greis. Und die Hütte war nicht einmal seine gewesen, sondern die erstbeste, die dem Hitzkopf unter die Finger gekommen war. An jenem Tag war es windig, weshalb das ganze Dorf abbrannte. Und die Bauern den Winter notgedrungen in eilig ausgehobenen Erdlöchern verbrachten. Doch sie überlebten nicht nur alle, sondern hatten bereits im Frühjahr alles wieder aufgebaut.

Offenbar macht schweres Leid den russischen Menschen so hart, dass er sogar wahrhaft unmenschliche Unbilden erträgt. So war es immer gewesen: unter den Mongolen, unter Iwan dem Schrecklichen, unter Peter dem Großen und unter Stalin. Dmitri machte da überhaupt keine Ausnahme.

Den Jurjew-Tag, der aus irgendeinem Grund mitten in den Sommer verlegt worden war, erwartete Dmitri mit großer Neugier. Endlich war es so weit. Auf einer Wiese wurden lange Tische aus ungehobelten Holzplatten zusammengezimmert. Darauf stellte man für die Männer drei Eimer billigen Wodka, den man im Volksmund auch Weißen nennt. Und zwei Eimer Roten – Portwein – für die Frauen.

Mit einem eleganten Rock bekleidet, rief der Barin die Männer aus dem Lagerbuch der Reihe nach auf und zahlte sie entsprechend ihren Seelen aus. Danach küsste jedes einzelne Familienmitglied dem Barin und der Barynja ehrerbietig die Hände und nahm an den Tischen mit der Bewirtung Platz. Je leerer nun die Eimer wurden, desto mehr erheiterte sich das Volk und röteten sich die Gesichter. Es bildete sich ein bunter Reigen, freche Scherzlieder ertönten. Die umsichtige Leibwache verhinderte, dass es zu Zusammenstößen kam, die weniger wegen der Sauferei als vielmehr aus Neid auszubrechen drohten – nach dem Motto: »Mich haben sie öfter geprügelt als dich, aber gekriegt hast du genauso viel.« Die Betrunkenen legte man auf eigens dafür ausgebreitetes Heu. Der Barin war an jenem Tag gutmütig, fröhlich und fügte dem Volksfest keine weiteren Exzesse hinzu.

Am nächsten Morgen verlängerten alle Leibeigenen den Vertrag um ein weiteres Jahr. Sie ließen sich von der Überlegung leiten, dass der Barin zwar wohl seine Schrullen hatte, es sich aber eigentlich durchaus leben ließ. Und in fünf Jahren würden sie sich vielleicht zur Ruhe setzen, denn das verdiente Geld würde dann genau bis ans Lebensende reichen.

Doch mit dem Ruhestand war es nicht so einfach, wie es sich die abgestumpften Bauern vorstellten. Nach etwa drei Jahren hatte Dmitri mit harter und unerbittlicher Hand seinen Untergebenen ein neues Bewusstsein, eine neue Moral und neue Leitbilder eingetrichtert. In ihrem Barin sahen sie nun nicht mehr den etwas verrückten Reichen, sondern den strengen, aber gerechten, stets um ihr Wohl besorgten Vater. Jeder von ihnen war sich im Innersten bewusst, dass sie ohne ihren Barin nie begonnen hätten, ihr Feld zu bestellen und in die Kirche zu gehen, sondern sich nur gegenseitig erschlagen hätten.

(Denn Dimitri baute ihnen auch eine Kirche und fand sogar einen Priester, der – völlig zu Recht – allen Glauben an die moderne Zivilisation verloren hatte.)

Schließlich kam es sogar so weit, dass die Bauern zwei Morde – einer aus Zufall bei der Jagd, der andere als Strafe für eine Rauferei mit dem jungen Barin – als unvermeidlich hinnahmen und rechtfertigten.

Die Leibeigenen, deren Psyche so gründlich umgekrempelt worden war, rechneten also vergebens mit einer möglichen Rückkehr in die moderne Gesellschaft. In der sie auch gar nicht hätten leben können, denn deren Gesetze wären ihnen wild und unmenschlich vorgekommen.

Mit der Zeit wurde Dmitri etwas besonnener – vielleicht machten sich die Jahre bemerkbar oder er hatte das ungezügelte Spiel der Leidenschaften allmählich satt. Er begann sich sogar mit dem Gedanken an eine Reform zu tragen. Zum Beispiel den Pachtzins von fünfzig auf dreißig Prozent zu verringern. Doch an diesem Punkt begann der Aufstieg seines ältesten Sohns Grigori, dem die Spiele des Vaters ganz aus dem Herzen sprachen. Das Leben im Dorf hatte sich so eingefahren, dass die Leibeigenen Kinder zu gebären begannen, die Grigori zum Verwechseln ähnlich sahen.

Die zwei Brüder

In den letzten zehn Jahren hat sich der Anwendungsbereich der alten Redensart, in jemandes Haus sei »Hülle und Fülle«, seltsamerweise nicht erweitert, sondern verengt. Dieser Ausdruck beschreibt die Behausung von Menschen mit relativ geringem Einkommensniveau, wo das Vorhandensein des gesamten Arsenals an billiger Haustechnik – vom Videorecorder asiatischer Manufaktur bis zum Stinol-Gefrierschrank – Anlass zu Stolz und stillem Dünkel ist. Wirklich reichen Menschen geht es jedoch nicht um die Quantität der Anschaffungen, ja nicht einmal um deren Qualität, sondern um den Geschmack, mit dem das Zuhause ausgestattet ist. Ein fabelhaft reicher Mensch kann sehr wohl asketische Lebensgrundsätze haben und sich deshalb nur mit einem Minimum an Gegenständen umgeben, die ihm wirklich etwas bedeuten. Nach *Hülle und Fülle* streben daher auch nur diejenigen, die im Leben nichts weiter wollen als eben die Hülle.

Juri jedoch, einer der fünfzig einflussreichsten russischen Finanziers, wiederholte unermüdlich: »In meinem Haus sind Hülle und Fülle.« Allerdings meinte er damit natürlich nicht seine Antiquitäten und die Stereoanlage »Cello«, die in Deutschland eigens für ihn angefertigt worden war, sondern die beiden Söhne, die Irina ihm geschenkt hatte. Der ältere, elfjährige, hieß Robert. Der ein

Jahr jüngere Steve. Sie waren die Erben seines bereits fest gefügten Imperiums, das er auf viele Jahre hinaus geplant und aufgebaut hatte. Zwei Söhne waren daher etwas sehr Seriöses und Erfreuliches. Und diese beiden Seiten eines einzigen Gefühls regten bei Juri stets die Ausschüttung eines besonderen Hormons an, das tonisierte und ihn den eigenen Platz im Leben und die Sinnhaftigkeit seines Tuns deutlicher spüren ließ.

Deshalb ist es nicht verwunderlich, dass einer der wichtigsten Punkte der familiären Erziehung vorsah, den Kindern mit Nachdruck einzuschärfen, dass sie die direkten Erben des väterlichen Unternehmens waren. »All meiner Hunderte von Millionen Dollars«, wie der Vater am Ende jedes didaktischen Gesprächs konkretisierte.

Dahinter verbarg sich, oberflächlich gesehen, ein rein pädagogischer Nutzen: Die Jungs wurden von klein auf ausgebildet. Sie lernten fleißig, waren hervorragende Sportler (wichtig vor allem für die Entwicklung eines gesunden Ehrgeizes) und vereinten in sich sowohl Gehorsam gegenüber dem Vater als auch erste individuelle Charakterzüge.

Der jüngere Bruder fand jedoch trotz der Dauerbelastung durch das harte Erbentrainingsprogramm die Zeit, gründlich über seinen Platz im väterlichen Finanzimperium nachzudenken. Bei der Prognose seiner nicht allzu fernen Zukunft stützte sich der juristisch ungebildete kindliche Verstand allein auf zwei Dinge: den klassischen englischen Kriminalroman mit seinem strengen Algorithmus der Erbfolge und das Gesetz des harten Wettbewerbs, in dessen Geiste Juri die Kinder aufzog.

Steves Bewusstsein bot sich ein freudloses Bild. Als ältester Sohn würde Robert mit der Zeit des Vaters rechte Hand werden und nach dessen Tod zum alleinigen Herrscher des Imperiums aufsteigen. Steve hingegen würde bestenfalls die bedauernswerte Rolle des Beraters ohne Stimmrecht zufallen sowie ein festes Gehalt ohne Gewinnbeteiligung. Und später, wenn sowohl Robert als auch Steve Familien und dementsprechend Kinder hätten, würde seinen Nachkommen ein Leben lang nur der schmachvolle Platz der armen Verwandten neben dem mächtigen Onkel beschieden sein.

Steve beschloss, diese erbliche Vorbestimmung um jeden Preis zu durchbrechen.

Als Erstes versuchte er mit kindlicher Naivität, Robert hinter Gitter zu bringen. Dazu pumpte er mit dem Computer seines Bruders einhunderttausend Dollar von einem Konto der väterlichen Firma auf das einer radikalen islamistischen Organisation. Leider lief das Ganze nicht zu Hause ab, sondern in Amerika – in der angesehenen Privatschule, die die Brüder besuchten. Bei uns wäre diese Sache vielleicht gar nicht aufgeflogen, aber die amerikanischen Geheimdienste hatten die illoyale Banküberweisung blitzschnell zurückverfolgt, obwohl sie nach russländischen Maßstäben geradezu lächerlich gering war. In der Folge musste Juri eine Menge Nerven und Kraft aufbringen, um den Ruf der Firma zu retten. Am Ende gelang es ihm mit Hilfe eines nicht billigen Anwalts, alles auf einen unschuldigen Kinderstreich zurückzuführen.

Gleich am ersten Tag der Ferien kam es, fast noch auf der Gangway der Boeing, zur Aussprache, die von Nötigung über raffinierte Winkelzüge bis hin zum Kreuzverhör alle Abstufungen enthielt. Natürlich war die Psyche des Vaters stärker als die des zehnjährigen Kindes, so dass das Geheimnis schließlich gelüftet wurde. Jedoch gelang es Steve, die wahren Motive seines Handelns zu verbergen. Doch selbst die halbe Wahrheit war für den Vater eine herbe Enttäuschung und weckte in ihm erste Zweifel an der zukünftigen Rolle seines Sohnes.

Steve begriff, dass er schon jetzt, mit zehn Jahren, seine Zukunft verspielt hatte. Und ein ganzes Jahr lang suchte sein Gehirn, das sich unter diesen extremen Bedingungen rasch entwickelte, fieberhaft nach dem für einen Erwachsenen offensichtlichen Ausweg. Schließlich hatte er ihn gefunden: Selbst wenn er beim Vater in Ungnade blieb, konnte er doch alleiniger Erbe werden, wenn Robert starb. Und das hieß, dass man ihn umbringen musste.

Zunächst wählte er das Land, in dem es geschehen sollte: Russland. Steve setzte darauf, dass man die russischen Ermittler wesentlich leichter hinters Licht führen konnte als die amerikanischen. Ein weiteres Jahr verbrachte er damit, einen detaillierten Plan auszuarbeiten und seine Umsetzung vorzubereiten. Und natürlich damit, in seiner Seele immer stärkeren Hass auf Robert zu entwickeln, ohne den es nicht einfach ist, jemanden zu töten, selbst im vermessenen Knabenalter, wo man ohne die nötige seelische Erfahrung fremdes Leid als etwas Irreales und Unechtes empfindet. Und die Betrachtung des Todes ebenso berauschend ist wie »DOOM-2«.

Den Hass auf den Bruder in sich zu nähren schloss primitive Methoden ein, wie zum Beispiel das Beschnüffeln dreckiger Socken und Unterhosen, aber auch ausgefeiltere. Steve ließ Robert absichtlich bei allem gewinnen, was mit einem vertrauensvollen väterlichen Schulterklopfen belohnt wurde: beim Tennis, in der Schule oder wenn es um wirtschaftliche und politische Kompetenz ging. Steve war sogar zu feige, im Schwimmbad vom Fünfmeterturm zu springen, und zwar als Einziger von allen Sprösslingen der Kompagnons seines Vaters, die sich zu firmeninternen Turnierspielen unter dem Motto »Papa, Mama und ich – ein unschlagbares Team« eingefunden hatten. Schließlich begann der jüngere Bruder den älteren wirklich zu hassen, ohne dass dieser ahnte, welch heftiges Feuer in der Brust seines besten Kameraden brannte. Seines besten und wohl auch einzigen, denn Kinder aus sehr reichen Familien finden aufgrund ihrer hypertrophierten Eigenliebe nur äußerst selten Freunde.

Um einen Killer anheuern zu können, machte sich Steve den Umstand zunutze, dass seine exaltierte Mutter einen Boyfriend hatte: einen Studenten aus der Schtschukin-Theaterschule. Jeder im Hause wusste davon, selbst die Angestellten. Auch der Vater war informiert, doch drückte er weise ein Auge zu: Derlei Unarten – bei ihm mono-, bei ihr polyvalent – hielten letztlich die Familie zusammen, denn sie sorgten dafür, dass man niemals in destruktive Routine verfiel.

Dabei schämte sich der zottelige Jungschauspieler kein bisschen, Irina nach Strich und Faden zu melken. Ihre Kreditkarte war so etwas wie ein Wanderpokal, mit dem der ungezügeltste Sexpartner belohnt wurde. Daher ließ sich Mutters Kontostand nie auch nur annähernd abschätzen. So dass Steve ohne das geringste Risiko fünfzehntausend Dollar abheben konnte, um einen Killer anzuheuern.

Schon schwieriger war es, einen zu finden. Doch auch dies gelang, denn die Furcht vor der Arbeitslosigkeit verfolgt nicht nur Staatsbedienstete im Pensionsalter, sondern auch junge Privatleibwächter aus kurzlebigen Sicherheitsunternehmen. Daher nehmen diese in Eliteeinheiten gedrillten, im freien Leben jedoch orientierungsschwachen Menschen bereitwillig alles an, womit sie sich etwas für schlechtere Zeiten dazuverdienen können.

Steve zahlte einen Vorschuss von fünftausend und wartete. Gelassen. Denn er hatte alles schon hundertmal im Kopf durchgespielt, einschließlich der Trauerfeier und wie er sich dabei verhalten würde.

Doch es verging eine Woche, ohne Ergebnis. Als er sich schließlich erkundigen wollte, ob der Killer irgendwelche Probleme habe, bekam er nur ausgesuchte Schimpfwörter zu hören sowie die völlig unverständliche Erklärung: »Als ich kapiert habe, dass der dein Bruder ist, hätte ich am liebsten dich kaltgemacht, du Drecksack! Hol dir dein beschissenes Geld zurück, Bastard, und verschwinde, bevor ich dich fertig mache!«

Noch zweimal kam es zu einem derart moralischen Ausgang der Geschichte, was davon zeugt, dass Auftragsmörder mitunter seltsame ethische Prinzipien haben. Danach begriff Steve, dass er die ganze Sache eigenhändig durchführen musste.

Die Vorbereitung war gründlich, aber unkompliziert. Er ölte die absichtlich im englischen Stil knarrenden Türen und Fenster. Wartete ab, bis Mutters Rendezvous mit ihrem Boyfriend auf den Dienst jenes Wachmanns fiel, der es stets, wenn die Herrschaften außer Haus waren, in seinem Häuschen mit der Ausdauer eines Elefanten mit dem Zimmermädchen trieb. Sagte dem Butler, man solle nicht mit dem Essen auf ihn warten. Verließ das Haus, ohne die Begleitung des Leibwächters in Anspruch zu nehmen. Wartete in einem Wäldchen vierzig Minuten – so lange dauerte es, wie er mehrfach gemessen hatte, bis vor die Fenster im Wächterhäuschen der den Blick verschleiernde Vorhang gezogen wurde. Er schlich sich an, schloss die Alarmanlage am Zaun kurz und zog sich danach in das benachbarte Gebüsch zurück. Beobachtete, wie der bereits entflammte Wachmann stumpfsinnig einmal um das Grundstück herumlief. Wiederholte das Ganze zehn Minuten später. Und schluckte zwei Tabletten eines starken Beruhigungsmittels. Der Wächter verließ erneut unwillig seine Geliebte zur formalen Kontrolle des Zauns. Nach weiteren zehn Minuten erfolgte keine Reaktion mehr: Die bei der Paarung störende Alarmanlage war ausgeschaltet worden.

Er schwang sich über den Zaun, durchquerte den Garten in einem von der Küche aus nicht einsehbaren Teil und stieg durch ein Fenster, das er zuvor angelehnt gelassen hatte, ins Haus. Lautlos schlich er zum Badezimmer seines Bruders, wo dieser (entsprechend der täglich ermittelten chronometrischen Daten) bis zum Hals im sanften Wasser lag, ein Comic-Heft in der Hand und Kopfhörer in den Ohren. Die Tür hatte er nicht abgeschlossen, denn der Vater hatte die Hausangestellten nach europäischem Standard zu strengster Disziplin erzogen.

Etwa eine Minute wartete Steve ab und ging im Geist noch einmal das mehrfach Trainierte durch. Energisch schloss und öffnete er die Fäuste, um in sich den Killerinstinkt zu wecken. Dann schaltete er das Licht aus, was den Bruder für einige Augenblicke verwirrte. Dies genügte jedoch, um mit einem Ruck die Tür zu öffnen und gleich wieder lautlos zu schließen, so dass kein Licht von außen hereindrang. Zielstrebig tauchte Steve im Stockdunkeln seine Hand ins Wasser, packte ein Fußgelenk und zog es mit aller Kraft nach oben und zu sich heran. Man hörte ein gar nicht lautes Plätschern. Das Bein zuckte krampfartig und entspannte sich sogleich wieder. Die Lungen waren voll Wasser, das Gehirn hatte aufgehört zu arbeiten. *Für immer.*

Steve horchte in sich hinein: Auf den Killer in ihm war noch immer Verlass. Also öffnete er in aller Ruhe die Tür ein wenig, machte Licht, zog aus seinem Hemd einen vorsorglich mitgebrachten Lappen, wischte damit den Boden trocken und steckte ihn wieder zurück.

Und schaute hin. Ohne einen Anflug von Angst. Leicht schaukelndes Wasser bedeckte den Bruder. Sein Gesicht hatte den Todeskrampf bereits überwunden und war friedlich entspannt. Die Lichtreflexe des Wassers umtanzten es wie ein Schwarm durchsichtiger Jungfische.

Steve verließ das Haus auf demselben Weg, wie er gekommen war, schwang sich über den Zaun und war eine halbe Stunde später am See.

Nachdem er ausgiebig gebadet und im warmen Sand herumgelegen hatte, kehrte er nach Hause zurück – wo Heulen und Wehklagen herrschten. Erst in diesem Augenblick durchfuhr ihn blitzartig das lang ersehnte Gefühl der Einzigartigkeit. Und trotz seiner zwölf Jahre gelangte Steve zu der weisen Erkenntnis, dass jeder, der im Leben einen würdigen Platz einnehmen will, *dies* irgendwann einmal tun muss. Anders geht es nicht. Anders wirst du zertreten. Anders wirst du nicht so wie der Vater. Denn der Vater war der Erste, was noch viel schwieriger ist, als ein würdiger Erbe zu sein.

Und der Vater wusste all das noch viel besser. Eben deshalb hatte er in weiser Voraussicht und mit viel Geschick die Rivalität unter den Kindern geschürt, damit am Ende der Stärkere übrig blieb. Denn er hatte sein Reich auf viele Jahre hinaus geplant und aufgebaut.

Das Leben endet mit dem letzten Herzschlag

Streng genommen erinnert diese tragische Geschichte, die sich im Sommer 1995 abspielte, aufgrund einer üblen Verkettung von Umständen eher an einen schlechten Witz, den ein geschmackloser Typ in anständiger Gesellschaft erzählt, und ist daher geeignet, den völlig verständlichen Protest solcher Menschen hervorzurufen, die ein feines Gespür für ethische Harmonie haben. Nichtsdestotrotz wollen wir diesen Umstand vernachlässigen, denn in unserer Geschichte spiegelt sich wie in einem Wassertropfen der Wirkungsmechanismus des blinden und unerbittlichen Schicksals, das mit einem Schlag tötet, ohne Unterschied zwischen Unschuldigen und Schuldigen, Feiglingen und Helden, Gerechten und Frevlern, Kindern und Alten, Schutzlosen und denen, die geschützt sind durch unüberwindliche Festungsmauern, deren Steine ein Lehm zusammenhält, in den der Schweiß und die Tränen vieler stummer Menschen geflossen sind …

Die Bank, die Konstantin gehört hatte, war mit lautem Knall Pleite gegangen. Zu seinem Unglück war unter den zutiefst enttäuschten Anlegern auch ein gewisser N. – ein reicher, mächtiger und, wenn es um seine materiellen Interessen ging, ungewöhnlich prinzipienfester Mann. Die Summe seiner Einlagen, die mindestens fünfzig russländischen Bürgern ohne besondere Ansprüche ein sorgenfreies

Auskommen ermöglicht hätte, war für N. unerheblich und erreichte kaum ein Zehntelprozent seines gesamten Kapitals. Doch war er der Ansicht, alles müsse seine strenge Ordnung haben, denn werde man heute seinen Grundsätzen im Kleinen untreu, so könne man morgen schon zusehen, wie einem alles geklaut werde.

Also ließ N. Konstantin über seinen Sekretär eine Forderung zukommen, dass die ihm zustehenden zweihunderttausend Dollar spätestens nach Ablauf von zwei Wochen zurückzuzahlen seien. Andernfalls werde man gegen ihn strengste Zwangsmaßnahmen ergreifen. Falls der Schuldner es wagen sollte, in irgendeiner Weise unüberlegt zu handeln, behalte sich der Kläger das Recht vor, entsprechend darauf zu reagieren. Das Geld sei bis spätestens 22:00 Uhr des oben genannten Tages zu übergeben.

Die Wahrscheinlichkeit, mit zwei Einschusslöchern im Kopf aufgefunden zu werden, war so groß, dass Konstantin sofort losstürzte, die Anweisung auszuführen. In Bankkreisen war N. nämlich als Mann des Wortes und der Tat bekannt. Und es war nie vorgekommen, dass ein von ihm wem auch immer gegebenes Versprechen nicht gehalten wurde.

Nachdem er alle Freunde angerufen hatte, die geschäftlich erfolgreicher gewesen waren als er, erkannte Konstantin, dass ihn ausnahmslos alle als toten Mann betrachteten. Und einem Toten Geld zu leihen war in ihren Kreisen nicht üblich.

Daraufhin verkaufte er eilig und zu Spottpreisen alles, was er zu verkaufen hatte. Heraus kamen dabei einhunderttausend und ein paar Zerquetschte. Auf etwas anderes zu hoffen war sinnlos. Also entschloss sich Konstantin zur Flucht.

Am nächsten Tag erschienen zwei Mittelsmänner und erkundigten sich, wie und mit welcher Absicht in den Computer der Lufthansa die Namen Konstantins, seiner Frau und seines Sohnes samt Platzreservierungen für den morgigen Vierzehn-Uhr-Flug von Moskau nach New York gelangt waren. Sie verprügelten den glücklosen Flüchtling so, dass die Folgen der Schläge ihn nicht daran hinderten, weiter Geld für den Kläger zu beschaffen. Und teilten mit, da der Beklagte versucht habe, die festgelegten Spielregeln zu verletzen, werde ab morgen mitgezählt, das heißt für jeden weiteren Tag ein gewisser Zins zu der Gesamtschuld hinzuaddiert.

Das war offene Willkür, typisch für prinzipienlose, nach kriminellen Regeln handelnde Menschen, für die die Demütigung eines wehrlosen Opfers eine eigentümliche Form der Selbstbehauptung ist; es kostet sie nichts, einen unschuldigen Menschen umzubringen, selbst wenn sich dieser aus Leibeskräften bemüht, seine Ehrenschuld zu begleichen ... All dies wollte Konstantin N. am Telefon sagen. Wollte die Situation erklären, damit man ihn zunächst die Hälfte zahlen ließ, den Rest später – binnen kurzem, sobald er wieder auf die Beine gekommen war... Doch der Sekretär antwortete trocken, mit sämtlichen Eigentumsfragen bezüglich des Kontos von Herrn N. bei einer gewissen zahlungsunfähigen Bank sei ein Mittelsmann betraut, mit dessen Vertretern sich Konstantin in Verbindung zu setzen habe.

Konstantin bekam es nun wirklich mit der Angst. Er war erst neunundzwanzig Jahre alt. Das war eindeutig zu früh, um am Ende eines langen und erfüllten Lebens verhältnismäßig ruhig sterben zu können. Konstantin wollte *leben*, um jeden Preis, koste es, was es wolle. Also erinnerte er sich, dass seine Frau eine Lebensversicherung über einhunderttausend Dollar hatte. Das sollte genügen.

Er traf sich mit den für ihn zuständigen Banditen und fragte, wie viel sie für die Ermordung seiner Frau nehmen würden, es müsse jedoch wie ein Unfall aussehen. Doch diese spielten mit ihm bereits Katz und Maus, sein Geld war ihnen gar nicht mehr so wichtig, nun wollten sie sich nach Herzenslust über diesen Loser amüsieren, ihn so richtig fertig machen. Also lachten sie sich zunächst einen Ast und nannten dann ihren Preis: achtzigtausend.

Konstantin machte sich Hals über Kopf auf die Suche nach einem Killer, was selbst in einer so kriminalisierten Stadt wie Moskau kein einfaches Unterfangen ist. Doch er hatte Glück: Es fand sich ein Mensch, der bereit war, für zehntausend die Arbeit zu erledigen.

Ob Konstantin seine Frau während dieser Zeit als menschliches Wesen empfand? Ob er daran dachte, dass sie noch weniger Zeit auf dieser Erde verbracht hatte als er? Dass sie ihm einen Sohn geboren hatte? Dass sie stets zärtlich und taktvoll gewesen war, in schwieriger Zeit so gut sie konnte versucht hatte, ihn wieder aufzurichten und ihm einen Teil seiner Belastungen und Sorgen abzunehmen? Dass sie seine vertraute Ehefrau war?

Wohl kaum, sonst hätte er sich nicht zu einem solchen Schritt entschlossen. Und das ist auch völlig natürlich, denn in ihm, dessen Persönlichkeitsentwicklung noch nicht abgeschlossen war, der seine Verantwortung in dieser Welt noch nicht vollends begriffen hatte, noch nicht Mann geworden war, regte sich mit aller ursprünglichen Macht ein instinktiver Selbsterhaltungstrieb, der sämtliche sozialen Funktionen in Konstantins Bewusstsein ausschaltete. Vom Schrecken des Todes gejagt, rannte er einen Korridor entlang, rüttelte hysterisch an verschlossenen Türen und zerstörte alles, was ihm den Weg zur vermeintlichen Rettung versperrte. Wären die Umstände derart gewesen, dass er um seines eigenen Lebens willen das seiner Mutter hätte opfern müssen, er hätte auch davor nicht Halt gemacht. Das Universum teilte sich für Konstantin in zwei unterschiedlich große Teile: einen größeren Teil, den er selbst ausfüllte, und alles andere, das unwichtig und bedeutungslos war…

Der Killer leistete saubere Arbeit. Die verunstaltete Leiche von Konstantins Frau fand man mit Alkohol im Blut auf den Eisenbahngleisen unweit der Station Reutowo. Trotz des halb hysterischen Zustands all seiner Körpersysteme brachte Konstantin schnell die nötigen Bescheide und Unterlagen zusammen und leitete sie an die Versicherungsgesellschaft weiter. Dies geschah am Freitag, auf den zwei arbeitsfreie Tage folgen, weshalb der Neuwitwer das Geld erst am Dienstag bekam.

Die Banditen erkundigten sich, ob die werte Frau Gemahlin sehr gelitten habe, und begannen das Geld nachzuzählen. Dann tippten sie mit dicken Fingern auf einem Taschenrechner herum und erklärten, dass diese Summe gestern noch gereicht hätte, heute jedoch nicht mehr, da inzwischen noch weitere zwei Prozent Zinsen aufgelaufen seien. Es fehlten fünftausend.

Doch selbst diesen winzigen Betrag erhielt Konstantin bei keinem seiner ehemaligen Kompagnons. Das Geld der

Lebenden unterscheidet sich von dem der Toten, ihre Bahnen kreuzen sich nie, weder in Zeit noch Raum ...

Sogar die Wohnung war bereits verkauft, und er hauste in der Einzimmerwohnung seines Bruders – seines mittellosen Bruders. Genauer, er übernachtete dort nur ab und zu, die ganze übrige Zeit trieb er sich auf der Suche nach Geld in der Stadt herum und ließ den sechsjährigen Sohn tagsüber allein in der Wohnung zurück ...

Auch der Sohn war versichert, und ebenfalls über einhunderttausend.

Ziemlich bald war in seinem Kopf ein Gedanke herangereift: »Wenn sie mich töten, wird sich doch auch Serjoschka, den niemand auf der Welt braucht, ein Leben lang quälen müssen.« Dieser rettende Gedanke war nötig, damit Konstantin den Mut aufbrachte, alles so zu arrangieren, dass sich sein Sohn den Arm brach.

Drei Tage später lieferte Konstantin jene alten fünftausend und weitere fünfzehntausend ab. Die Banditen hatten sich jedoch inzwischen in einen Rausch gesteigert, der besser war als jede Droge. Genussvoll verfolgten sie den Fortgang der Tragödie. »Es ist ja so, lieber Kostja, das hier sind Zinseszinsen, die beziehen sich nicht auf die ursprüngliche Summe, sondern auf die laufende. Also fehlen hier noch dreitausendeinhundertfünf Dollar. Die Cents erlassen wir dir jetzt mal«, erklärte einer von ihnen, nicht der in der Trainingshose, sondern der mit dem Anzug.

Vergeblich kroch Konstantin zu ihren Füßen, heulte, flehte und schwor. Obwohl er gar nichts mehr hatte, worauf er hätte schwören können, es gab nichts mehr auf der Welt, was ihn dazu gebracht hätte, sein Wort zu halten. Nichts außer seinem eigenen Leben. Schließlich hatten die

Banditen genug von diesem banalen Schauspiel. Sie wollten endlich den Höhepunkt des von ihnen inszenierten Stücks erleben. »Noch achtzig Riesen. Dann ist Schluss, du langweilst uns nämlich schon«, riefen sie ihm hinterher, als sie ihn aus der Tür warfen.

Konstantin glaubte ihnen. Er glaubte ihnen, denn sonst wäre ihm nichts anderes übrig geblieben, als sich vor die U-Bahn zu werfen.

Für einen Killer reichte es nun nicht mehr. Also wurde er selbst zum Mörder seines Sohnes. Er erledigte es mit automatischer Präzision, ohne daran zu denken, wie er nun weiterleben würde. Das war für ihn auch gar nicht mehr wichtig, er fragte sich in diesem Moment nicht, was danach sein würde, wenn er dem Tod entronnen war. Tödliche Angst hatte Konstantin in eine Ecke getrieben, aus der er ohne auch nur einen Augenblick nachzudenken auf alles, was lebte, was sich ihm näherte, schießen, auf Startknöpfe für Atomraketen drücken, Staudämme in die Luft sprengen und damit Millionenstädte vom Antlitz der Erde verschwinden lassen würde.

Hauptsache, er lebte, wenn es sein musste für immer eingesperrt in einer eisernen Truhe oder eingemauert in eine Wand – solange nur sein Gesicht frei war zu atmen. Hauptsache, er lebte, was immer es ihn und seine Umwelt kostete …

Konstantin tötete seinen Sohn, der ihm vertraut hatte. Und beschaffte das ganze Geld. Die Banditen heulten vor Begeisterung auf, klopften ihm auf die Schulter und blickten ihm in die Augen: »Kostja, du bist einfach ein Genie des Bösen! So ein Terminator wie du zerquetscht noch ganz Russland unter seinen Stiefeln!«

Dann sagten sie, auch diese Summe sei noch nicht genug, »aber woher sollst du jetzt noch was kriegen«. Sie schlugen ihm ins Genick, knebelten ihn mit Klebeband, fesselten ihn mit Handschellen und schleppten ihn zum Jeep.

Der Verfechter des russischen Sex

So seltsam es auch ist, aber die Ergebnisse einiger durchaus vertrauenswürdiger soziologischer Studien haben gezeigt, dass reiche Menschen die unterschiedlichsten geistigen Fähigkeiten haben können. Völlig selbstverständlich ist, dass es ungewöhnlich begabte Reiche gibt. Und es gibt einfach nur kluge und tüchtige. Und den sogenannten Durchschnitt, die typischen Dreierschüler. Aber offenbar gibt es auch solche mit sehr beschränkten geistigen Parametern, die sich in keiner Weise korrigieren lassen.

Wahrscheinlich existiert für dieses Paradoxon eine streng wissenschaftliche Erklärung an der interdisziplinären Grenze zwischen Wirtschaftswissenschaft, Sozialpsychologie und Bionik. Meines Erachtens ließe sich jedoch durchaus auch ein Axiom verwenden, das keines Beweises bedarf, nämlich, dass in Russland wie sonst nirgends auf der Welt das Leben eines Menschen von der Überlagerung auf ihn wirkender metaphysischer Kräfte abhängt. Und dass deren Einfluss viel komplexer ist als jede Logik, welche lediglich das Leben toter Körper angemessen beschreiben kann.

Arkadi gehörte zu der letztgenannten Kategorie russischer Reicher, die sich ihr enormes Vermögen im Trüben, gleichsam mit dem Tastsinn, verdienen, ohne viel von den Gesetzen der Finanzwelt, von Konjunkturphasen und den

Feinheiten des Marketings zu verstehen. Kurz, er gehörte zu jenen, denen zu jeder Tageszeit, bei jedem Wetter, jahraus, jahrein stets ein Trumpf aus dem Ärmel fällt. Und denen es einfach nicht möglich ist, diese blinde Liebe des Schicksals nicht zu nutzen.

Wobei sich dieses ungewöhnlich glückliche Händchen auf nahezu alle Formen menschlicher Betätigung erstrecken kann. Zum Beispiel kannte ich einen Schriftsetzer, der ein hohes Alter erreichte und in seinem Haus im Kreise seiner vielköpfigen, untröstlichen Familie starb. Bei der Ausübung seiner Berufspflichten verwechselte er ständig die Schreibung zweier sowjetischer Parteibonzen. So setzte er abwechselnd mal *Kaganowitsch*, mal *Koganowitsch*, und mal *Malenkow*, mal *Molenkow*. (Man muss wissen, dass im Russischen unbetontes *o* wie *a* gesprochen wird.) Und einmal erschien eine Ausgabe der Zeitung, bei der er gut fünfzig Jahre ununterbrochen tätig war, sogar mit dem Namen *Jossef* Wissarionowitsch Stalin.

Arkadi war genau so ein Typ, nur agierte er auf entsprechend wilde Art in der Geschäftswelt, wobei er stets – gleich ob es passte oder nicht – ein selbst erfundenes Sprichwort im Munde führte: »Mit etwas Grips wird selbst ein Idiot reich!«

Kurz, da lebte einer leicht und natürlich vor sich hin – sein Bild hätte wunderbar in ein russisches Volksmärchen gepasst.

Einmal las er im ›Playboy‹ einen Artikel ›Apologie des russischen Sex‹, der ihn enorm beeindruckte. Um die ekstatische Begeisterung, die ihn augenblicklich überkam, besser zu verstehen, sollte man sich den Text vollständig vor Augen führen. Hier ist er also:

Das dritte Jahrtausend steht vor der Tür. Doch schon heute kann man mit Sicherheit sagen, dass in der Nacht vom 31. Dezember 2000 zum 1. Januar 2001 das Ende der Welt nicht anbrechen wird. Und das bedeutet, dass Frauen nach wie vor solche Männer lieben werden, die ihren sexuellen und ästhetischen Anforderungen entsprechen. Auch die Männer werden weiterhin dasselbe tun. Als Folge werden weiter Kinder zur Welt kommen, die mit zunehmendem Alter diese magische Stafette aus den schwächer werdenden Händen ihrer Eltern übernehmen werden.

Jedoch zeichnet sich bereits eine neue, derart starke Tendenz ab, dass man sie durchaus als Paradigma des dritten Jahrtausends bezeichnen könnte. Die stürmische Entwicklung von Hochtechnologien, Gentechnik und totalen Kommunikationsmedien werden schon bald in zunehmendem Maße nicht nur die menschliche Psyche, sondern auch die Physis beeinflussen und deren Virtualisierung bewirken. Die Kunst und Literatur unserer Zeit üben sich bereits in Lobeshymnen auf unkonventionelle menschliche Lebensformen. Was im Übrigen bereits zu Beginn dieses Jahrhunderts von einflussreichen Denkern wie Teilhard de Chardin und Wernadskij prognostiziert wurde.

Kurz gesagt, die Zahl der Anhänger des natürlichen Sex geht in den kulturell hoch entwickelten Ländern bisher noch langsam, aber sicher zurück. Was am Ende wahrscheinlich zur Entstehung politischer Parteien führen wird, die für ihr Recht auf traditionellen Sex und heterosexuelle Familien eintreten werden. Denn dann werden zwei weibliche Menschen beispielsweise durch Klonen eigene Kinder bekommen können. Woraus folgt, dass in der Zukunft lesbische Familien völlig harmonisch funktionieren werden.

Aber noch ist es nicht so weit. Wir alle – einschließlich unserer Kinder und Kindeskinder und deren Kinder – werden in einer Übergangsphase leben, in der man unter intimen Beziehungen nach wie vor solche zwischen einem Mann und einer Frau verstehen wird. Und die sexuellen Minderheiten sich genauso wie heute unter dem Schutz der Toleranz und Political Correctness befinden werden.

Doch ohne Zweifel wird einmal die Stunde schlagen, da die beiden Formen der Sexualität – die natürliche und die künstliche – die gleiche Anzahl von Adepten haben werden. Und dann werden die Naturalisten ihren Stil geschlechtlichen Lebens aktiv agitieren müssen. Unter Verwendung visuellen Anschauungsmaterials, mit Schauveranstaltungen auf Plätzen und in Stadien und durch missionierende Prediger, die mit Wort und Tat die Herzen und Körper derer entflammen, die ihren Glauben an die Wahrheit verloren haben.

Und man sollte lieber zu früh damit beginnen als zu spät, wenn nur noch die Schlusslichter des abgefahrenen Zuges zu sehen sind und mit ihrer Farbe die heruntergekommenen Rotlichtviertel parodieren. Beginnen wir also unser Loblied auf den natürlichen Sex gleich hier und warten wir nicht auf seinen Untergang infolge unserer leichtsinnigen Tatenlosigkeit.

Denn der Sex ist das größte Geschenk, das uns die Frau, jenes stets neue und einmalige Wesen, schenken kann. Ja, einmalig, denn es gibt Braune, Blonde und Brünette. Es gibt Cholerische, Melancholische, Sanguinische und Phlegmatische. Es gibt mindestens drei Arten des weiblichen Körperbaus: die Federleichten, die vorsichtig zu lieben sind; die genormt Proportionierten, die wir lieben wie unser täg-

lich Brot; und die großzügig Beschaffenen, in deren Falten sich Schätze der Glückseligkeit verbergen. Es gibt Frauen in drei Größen, was allerlei Überraschungen mit sich bringt und mit Hilfe verschiedener Stellungen nachzuvollziehen ist.

Und weiter geht's, denn das ist noch lange nicht alles. Es gibt Künstlerinnen, Wissenschaftlerinnen, Dienerinnen der Liebe, Ingenieurinnen, Sportlerinnen, Schauspielerinnen, Büroköniginnen, Drehmaschinenmeisterinnen, Mitarbeiterinnen der städtischen Miliz, Steuerprüferinnen, so streng wie das Gesetz, Zirkusartistinnen, Verkäuferinnen, Stewardessen, Buchhalterinnen, Managerinnen, Abgeordnete, Lehrerinnen und Dozentinnen, Journalistinnen, die nicht nur die Feder glänzend zu führen wissen, und Stenotypistinnen, was nicht von »stöhnen« kommt, obwohl, wenn man sich ein wenig bemüht ...

Kaum jemand wird bestreiten, dass auch jedes Alter seinen eigenen Charakter hat. Deshalb unterscheiden wir hier die 20-Jährigen, 30-Jährigen, 40-Jährigen und die ständig lüsternen 50-Jährigen, deren Stern bereits am Sinken ist.

Multiplizieren wir nun all diese Arten und Unterarten miteinander, so erhalten wir 8640 verschiedene Frauentypen. Kann man da etwa noch von unausweichlichen Wiederholungen sprechen, die das Gefühl sexueller Monotonie hervorrufen? Haben diese, mit Verlaub, Nörgler denn wenigstens die Hälfte dessen genossen, was dieser unerschöpfliche Born des Glücks bereithält? Nein und nochmals nein!

Wenn du einen Mann entkleidest, entdeckst du hinter den gefallenen Hüllen nur dich selbst. Immer nur dich selbst. Eine Frau hingegen birgt so viel Unerwartetes, das auf paradoxe Weise eigens für dich erschaffen wurde. Ihre runden Formen ergänzen dein langweilig flaches Relief, ihr reicher Schoß erwartet dich, feucht von »Tränen der Dankbarkeit«. Tritt ein und herrsche! Denn hier bist du der ersehnte Gebieter, bist in der Lage, Wunder zu vollbringen und eine Sphärenmusik erklingen zu lassen, die nur von euch beiden vernommen wird. Manchmal ist es Jazz. Manchmal Schostakowitsch oder Ravels ›Bolero‹. Und manchmal kommt es sogar zu abendfüllenden Konzerten des Gesangs- und Tanzensembles der Russischen Armee. Sex ist etwas Unvorhersehbares, immer Neues und sich niemals Wiederholendes. Natürlich nur, wenn man die Sache nicht schleifen lässt, sondern stets nach ungeahnten Höhen strebt. Denn die Zahl der Liebe ist 8640.

Arkadi nahm dieses Gefasel so ernst, dass er sogleich beschloss, für diesen natürlichen russischen Sex zu kämpfen. Und da dieser provokante Text ja Empfehlungen enthielt, wie dies zu tun war, musste sich Arkadi auch fast nichts selbst ausdenken. Es hieß: »Schauveranstaltungen auf Plätzen und in Stadien«, also sollte es so sein. Und da er nun eilig begann, eine Truppe zusammenzustellen, blieb er in Unwissenheit über das geistige Erbe des französischen Jesuitenmönchs Pierre Teilhard de Chardin und des russischen Universalgelehrten Wladimir Iwanowitsch Wernadskij, die sich nie für das Problem der gleichgeschlechtlichen Liebe interessiert hatten.

Ziemlich bald hatte unser Verfechter des russischen Sex mit unmittelbarer Beteiligung eines durchtriebenen Butlers und eines forschen Reitlehrers fünfzig Prostitutierte unter seiner Fahne versammelt, und zwar solche vom Autostrich, die also weder in den teuren Hotels noch an den Bahnhöfen ihr Gewerbe betrieben, sondern sich ihre Kunden am Straßenrand mit erhobener Hand und gerafftem Minirock einfingen. In Bezug sowohl auf die Arbeitsbedingungen als auch auf ihre Honorare gehörten sie zum Mittelstand, verdienten weniger als die Hoteldirnen, waren jedoch den versoffenen Bahnhofshuren in Sachen Körperbeherrschung und Äußeres überlegen.

Jeder Einzelnen von ihnen wurde ein Gehalt von fünfhundert Dollar plus Reisegeld und Verpflegung garantiert, was sie vollauf zufrieden stellte, denn Arkadis Vertragsentwurf ließ es nicht zu, dass die Kunden, unter denen nicht wenige Sadisten waren, sie schlugen oder erniedrigten. Für die Sex-Brigade kaufte man bühnenwirksame Wäsche und heuerte fünf Leibwächter, einen Visagisten, einen Gynäkologen sowie einen Manager an, der gleichzeitig auch die Funktion des Conférenciers übernahm. Und dann begab sich die gesamte Mannschaft unter der Führung von Arkadi, der sein Geschäft dem Schicksal überlassen hatte (was ihm nur gut tat), auf Tingeltour durch die finsterste russische Provinz, um den dort lebenden Menschen auf die natürlichste und anschaulichste Weise die Vorzüge der heterosexuellen Liebe zu beweisen.

Angekommen in irgendeiner unbedeutenden Kleinstadt, die nicht mehr als fünfzigtausend vom hoffnungslosen Leben ermüdete Menschen zählte, quartierten sich Arkadi und die Mädchen samt dem Visagisten, dem Gynäkologen und den Leibwächtern im Hotel ein, während der Manager den Direktor des örtlichen Kulturzentrums aufsuchte, um über eine Reihe von »Konzerten erotisch-sexuellen Inhalts unter Verwendung von Happening- und Performance-Elementen« zu verhandeln. »Erotik – das ist gut! Da kommen die Zuschauer in Massen!«, rief der gutgläubige Direktor aus. Noch mehr beglückte ihn die mickrige Gewinnbeteiligung, die die gastierenden Künstler aus der Hauptstadt verlangten. Sofort gab er Anweisung, ein Plakat zeichnen zu lassen und Eintrittskarten zu verkaufen, ohne auch nur zu ahnen, was da auf ihn zukommen würde.

Die erste und einzige Vorstellung fand am nächsten Abend statt. Obwohl auf dem Plakat deutlich geschrieben stand, dass zu dem Happening »Nimm mich härter, Mann!« weder Kinder noch Frauen zugelassen waren, brachten die gesamte High Society des Städtchens sowie die wichtigsten Amtsträger unter Leitung des Bürgermeisters ausnahmslos ihre Frauen mit, die in der muffigen Atmosphäre der Provinz ein unvorstellbar langweiliges Leben führten. Sie zu Hause zurückzulassen, da nun wirklich Krethi und Plethi hingingen, um etwas Ungewöhnliches, Pikantes, die Phantasie Anregendes zu erleben, wie bei einem zweiten Rendezvous mit einem Liebhaber, bei dem der wohlbedachte Ort und die Wahl des optimalen Zeitpunkts es ermöglichten, sich an der verbotenen Frucht gebührend und ohne Hast zu ergötzen – sie unter solchen Umständen zu Hause zurückzulassen war schlicht unmöglich! Wenigstens hatten sie nicht auch noch ihre Töchter mitgenommen.

Nachdem man im Foyer ausgiebig herumspaziert war und sich unterhalten hatte, verteilten sich die Zuschauer leise kichernd und ihren Bekannten vertraulich zuzwinkernd auf die Plätze. (Obwohl die öffentlichen Säle in einigen Städten schon so ausgeschlachtet waren, dass man das, worauf das Publikum Platz nahm, nicht einmal mehr als

Hocker bezeichnen konnte.) Langsam erlosch das Licht, Ravels ›Bolero‹ erklang, was Arkadi als Pedanten und Haarspalter entlarvte. Die Dunkelheit nutzend, begannen die städtischen Scherzbolde nach einer Minute zu schreien: »He, ihr Schuster*! Her mit dem Sex!« Dann erhaschte der Scheinwerfer (den in Ermangelung eines Beleuchters der Gynäkologe bediente) schließlich die Figur des in Frack, Zylinder und Lackschuhe gekleideten Conférenciers. Dieser reagierte mit mehreren betont lockeren Verbeugungen auf den nervösen, kurzen Applaus und sprach mit näselnder Stimme: »Madamsemssjö! Das vom Präsidenten! ... mit dem Orden am Roten Band! ... ausgezeichnete! ... erotische Theater ›Marquis de Sade‹! ... zeigt heute! ... in Ihrer großartigen Stadt! ... eine schwindelerregende Show! ... die Vorführung aller Vorzüge des freien Sex! ... Besonders empfindliche Gemüter! ... bitte ich! ... den Saal nicht zu verlassen!!!«

Gleich darauf ertönte ein Schuss aus der Theaterkanone, und grelles Licht erhellte die Bühne. Zum Rhythmus der Musik defilierten halb entblößte Schönheiten mit überquellenden, tief ausgeschnittenen Dekolletés auf und ab. Der Conférencier wiederum fing an, jenen Artikel zu deklamieren, der Arkadi so tief beeindruckt hatte: »Das dritte Jahrtausend steht vor der Tür. Doch schon heute kann man mit Sicherheit sagen, dass in der Nacht vom 31. Dezember 2000 zum 1. Januar 2001 das Ende der Welt nicht anbrechen wird ...« Zu diesen Worten ließen die Mädchen langsam und selbst nach professionellen Strip-

* Mitte des 20. Jahrhunderts reagierte das Publikum in provinziellen Kinos und Dorfklubs mit dem Ausruf: »Schuster!«, wenn ein Fehler des Vorführers zu einer Unterbrechung des Films führte.

tease-Regeln durchaus annehmbar ihre »Oberbekleidung« – sofern dieser Ausdruck hier angebracht ist – fallen. Dabei wackelten sie verstärkt mit dem Hintern, schüttelten ihre Brüste und warfen verführerische Blicke ins Publikum.

Das Publikum schwieg überwältigt. Und war dem Geschehen zweifelsohne stürmisch zugeneigt. Die Stille im Saal war fraglos auf die Verklemmtheit der Provinzler zurückzuführen, die sich sowohl vor den Kollegen aus der Arbeit schämten als auch für ihre Frauen, die von der mondänen Gesellschaft keine Ahnung hatten.

Doch das Geschehen auf der Bühne steigerte sich immer mehr. Gegen Ende des Artikels, auf dessen lahmen Text kaum noch jemand achtete, trugen die Stripperinnen bereits all ihre vollends entblößten Reize zur Schau.

Und das war noch nicht alles! Auf die Worte »Brüder und Schwestern! Lasst uns einander lieben mit der ganzen Macht unserer unersättlichen Körper!« feuerte die Kanone erneut, der Saal hüllte sich in tiefste Finsternis, und aus den riesigen Verstärkern begann das Repertoire des Rotbanner-Gesangs- und Tanzensembles der Russischen Armee zu erschallen: ›Kalinka‹, ›Ach, wie voll ist mein Bauchladen‹, ›Mondschein‹, ›Entlang der Petersburger Chaussee‹ usw.

An dieser Stelle unterbricht Arkadi seine Erzählung, schließt die Augen leicht und versinkt für einige Zeit in ferne Erinnerungen; ab hier schaltet sich sein taktiles Gedächtnis ein, da ihm aufgrund der absoluten Dunkelheit visuelle Erinnerungen völlig fehlen.

Ausgerüstet mit speziellen Gürteltäschchen voller Kondome steigen die Mädchen in den Zuschauerraum hinab und werfen sich, hungrigen Tigerinnen gleich, auf die erstbesten Zuschauer. Es beginnt eine enthemmte Sexorgie mit lautem Schreien und Stöhnen, krachenden Sesseln und wüst kreischenden Gattinnen: »Was suchst du hier, du Miststück, dahergelaufenes!«

Da die erste Reihe der Bühne am nächsten ist und dort die einflussreichsten Persönlichkeiten der Stadt sitzen, bekommen diese auch am meisten von den himmlischen Freuden ab. Nach Berichten der Mädchen gelingt es einigen Frauen, ihre Ehemänner zu verteidigen. Manch andere hingegen unternimmt selbst einen verzweifelten Vorstoß, sucht im Dunkeln den Platz, auf dem, sagen wir, der Chef der Verwaltung für Innere Angelegenheiten oder der Kommandant der Feuerwehr sitzt, auf den sie schon früher ein Auge geworfen hat, und während der verhasste Ehemann schwitzend und heftig schnaufend den Körper einer angereisten Schauspielerin bearbeitet, bemächtigt sich seine Gattin im Schutz der Dunkelheit zielstrebig des von ihr begehrten Objekts.

Da die hinteren Reihen zunächst gar nicht kapieren, was da vorn vor sich geht, geraten sie in helle Aufregung und rufen völlig blöde und unpassend: »Licht! Schalt mal einer das Licht an!« An der Art des Stöhnens und Winselns erkennen sie jedoch allmählich, worum es hier geht, und bringen alsbald ihre Ungeduld mit Ausrufen wie: »Hierher, schnell, ich komme schon!« zum Ausdruck.

Tatsächlich sind die Emotionen im Saal derart erhitzt, dass der auf der Bühne sitzende Arkadi, wie er mir gesteht, mehrere unwillkürliche Ergüsse hat. Mitunter hält er es nicht aus, verliert völlig den Kopf und stürzt sich dem ihn magnetisch anziehenden Lied des russischen Sex, dem süßen Gesang seiner fünfzig Sirenen, entgegen.

Nach und nach rücken die unerschrockenen Mädchen im Glied vor und hinterlassen ein erst allmählich zur Besinnung kommendes, befriedigtes und über die Heftigkeit völlig neuer Empfindungen erschrockenes Schweigen. Wie eine langsame Welle wandert das Stöhnen und Winseln durch den Saal. Und bricht sich schließlich an der Wand.

Die Musik wird allmählich leiser. Das Licht bleibt jedoch noch weitere fünf Minuten aus, um dem Publikum Gelegenheit zu geben, sich zumindest einigermaßen in Ordnung zu bringen und alle nötigen Knöpfe, Reißverschlüsse sowie die kniffligen Häkchen und Ösen von Oberteilen weiblicher Unterwäsche zu schließen.

Zum dritten Mal ertönt ein Schuss aus der Kanone. Die Leuchter werfen gleißendes Licht auf das noch rauchende, sich jedoch bereits abkühlende Feld der gerade erst beendeten Sex-Schlacht. Die Beteiligten, noch immer nicht ganz zu sich gekommen, vermeiden es, ihren Nachbarn in die Augen zu sehen. Auf der Bühne stehen unbeweglich fünfzig Dienerinnen der Liebe in strengen klassischen, knielangen Kostümen. Sie sind bereits gekämmt, geschminkt und unbeteiligt wie Mannequins. Es folgt eine gemeinsame Verbeugung vor dem Publikum, welches vor Überraschung gar nicht merkt, dass es nun vielleicht angebracht wäre, der Bühne eine Woge dankbarer Ovationen entgegenzuschleudern. Dann verschwindet die Sex-Brigade spurlos hinter den Kulissen.

Der Aufbruch in die nächste Stadt erfolgt in der Regel am nächsten Morgen. Weshalb es auch nicht zu unangenehmen Unterredungen mit den Vertretern der örtlichen Jurisdiktion kommt, die die ganze Nacht und den ganzen

Morgen über von beleidigten Ehefrauen malträtiert und beschimpft worden sind. Und was kann man Arkadi denn eigentlich zur Last legen? Weder Verführung Minderjähriger (Art. 135 des russischen Strafgesetzbuchs) noch Geschlechtsverkehr mit Personen unter 16 Jahren (Art. 134), noch Nötigung zu Handlungen sexuellen Charakters (Art. 133), noch Vornahme gewaltsamer Handlungen sexuellen Charakters (Art. 132), noch Vergewaltigung (Art. 131), noch Übertragung einer HIV-Infektion (Art. 122), noch Ansteckung mit Geschlechtskrankheiten (Art. 121)! Nichts dergleichen hat es gegeben, keine Spur!

Selbst der strengste Artikel in Bezug auf Sex, Nr. 242, der »die illegale Herstellung pornographischer Schriftstücke oder Gegenstände mit dem Ziel ihrer Verbreitung oder Bewerbung, ihre Verbreitung und Bewerbung sowie in gleichem Maße den illegalen Handel mit Druckerzeugnissen, Film- und Videomaterial, Abbildungen oder anderen Gegenständen pornographischen Charakters« unter Strafe stellt, lässt sich auf Arkadi nicht anwenden. Aber hätte denn irgendein Strafgesetzbuch, selbst eines voller Hinrichtungsparagraphen, die jegliche sexuelle Beziehung zwischen Mann und Frau verbieten, jemanden einschüchtern können, der für eine Idee kämpft? Schließlich war Arkadi genau das. Dass die Truppe schon am Tag nach der Vorstellung aus der Stadt verschwand, lag also keineswegs daran, dass man irgendwelche Unannehmlichkeiten befürchtete, sondern daran, dass ein weiterer Aufenthalt vor Ort keinen Sinn hatte. Die Stadtväter hätten eine zweite Aufführung ohne Zweifel verboten, damit im Volk keine unnötige Aufregung entstand, die sich aufgrund eines fehlenden zivilisierten Freizeitangebots zu gefährlichen, unzivilisierten Formen von sexuellem Vandalismus hätte auswachsen können.

Nach einiger Zeit entdeckte Arkadi rein zufällig, dass die Gastspiele ihres kleinen, aber geschlossenen Kollektivs bei der Bevölkerung nicht nur für den traditionellen Sex Interesse weckten. Wie sich herausstellte, gab es zwei bisexuelle Mädchen in der Truppe, die während der Vorstellung nicht nur Männer, sondern auch Frauen bedienten. Diese Agitation fremdartiger sexueller Praktiken, die Arkadis moralische Grundfesten untergrub und seine heroischen Bemühungen zunichte machte, durfte nicht geduldet werden. Es galt, diese Umtriebe mit glühendem Eisen auszubrennen. Doch beschränkte sich der sanftmütige Arkadi in seiner Herzensgüte darauf, den Vertrag mit den Abtrünnigen zu kündigen, ohne ihnen physischen Schaden zuzufügen. Noch während der Tournee wurden sogleich zwei neue Mädchen aufgenommen, die beschlossen hatten, der stumpfsinnigen Einförmigkeit des Provinzalltags zu entfliehen.

Die Zeit verging. In unendlicher Folge zogen Städte, Züge, Hotels, Kulturzentren und Zuschauer vorbei. Arkadi verbesserte die Vorführungen ständig, feilte an der Inszenierung sowie an den schauspielerischen Leistungen und studierte zu diesem Zweck Fachliteratur zur Theorie und Praxis des Laientheaters. Einmal stieß er dabei auf einen Artikel über westliche Wanderzirkusse, dessen Lektüre die scheinbar unvermeidlichen Unannehmlichkeiten des modernen Nomadenlebens in ganz neues Licht rückte. Und so brach er mit der typisch russischen Tradition und stellte das Theater, das sich bis dato wie von selbst in chaotischer Richtung bewegt hatte, auf »westliche Gleise«. Das heißt, er kaufte bei der Automobilfirma General Motors dreißig hervorragende Wohnwagen, in denen sich die Reisenden stets wie zu Hause fühlen sollten. Hier könnte man nun den phantastischen Komfort beschreiben, mit dem diese »Villen auf Rädern« bis zum Rand vollgestopft waren, doch könnte dies bei allzu sensiblen Durchschnittslesern irreversible traumatische Schäden hervorrufen. Es sei daher nur ein besonderer Timer erwähnt, der den Reisenden nicht nur weckt und ihm eine Tasse heiße Schokolade ans Bett bringt, sondern sogar über seine nächtliche Ruhe wacht, indem er den Straßenlärm durch spezielle Gegenschallwellen neutralisiert.

Mit der Verbesserung des Alltags ergaben sich auch neue schöpferische Möglichkeiten. Im Winter gab man nach wie vor Vorstellungen in den muffigen Kulturpalästen der Provinzstädte. Im Sommer jedoch zog die Karawane zu den von der Zivilisation am weitesten entfernten Dörfern, deren Einwohner das dankbarste Publikum waren. Dort fanden die Aufführungen am Busen der Natur statt: auf duftenden Waldwiesen voll blühender Gräser, auf Feldern inmitten nachdenklich raschelnder Ähren unbekannter Feldfrüchte, auf Landparzellen, in Nomaden- und Zigeunerlagern, in Gebirgsausläufern und Tümpeln, an Laichplätzen und anderen abgefahrenen Orten, für die sich die Menschen noch nicht einmal Namen ausgedacht haben. All dies war der Gesundheit förderlich sowie dem Glauben daran, dass der russische Sex niemals vom Angesicht der Erde verschwinden würde, und dass Arkadi den richtigen Weg gewählt hatte, von dem ihn nichts auf der Welt abbringen konnte. Weder Kriege noch soziale Katastrophen noch Epidemien todbringender Krankheiten, denn diese treffen nur jene Völker, die auf dem Weg durch die Finsternis des Seins müde werden, da ihnen ihre schwach glimmende Mentalität kaum zu leuchten vermag. Diese legen sich nur zueinander, um gemeinsam zu sterben. Der russische Sex kennt da ganz andere Gesetze!

Der tödliche Zweikampf

Jewgeni hatte eine wunderbare Familie. Die Beziehung zu Sinaida war im Lot, der Sohn begabt, das Haus solide, die Angestellten zuverlässig, der Koch der beste in ganz Moskau und die Gesundheit, mit der Mutter Natur Jewgeni, Sinaida und Sohn Albert bedacht hatte, – natürlich – ausgezeichnet. All das sorgte für jenes feste Fundament unter den Füßen, welches uns in unseren seltenen Momenten der Muße erlaubt, uns selbst einzugestehen: »Ja, ich bin glücklich!« Doch auch von außen sah man es Jewgeni an, dass er seine Familie über alles liebte.

Die Zeit verging. Der Sohn kam von einer Klasse in die nächste, bekam breite Schultern, wuchs auch als Persönlichkeit heran und erbrachte überdurchschnittliche Leistungen in den Finanzfächern. Jewgeni und Sinaida blieben dabei immer dieselben: jung, sportlich, liebenswürdig und optimistisch. Ein neidischer Mensch hätte den Grund für diesen Optimismus und diese Liebe zum Leben in dem enormen Kapital vermuten können, über das Jewgeni verfügte. Doch ist das ein äußerst subjektiver und oberflächlicher Standpunkt. Gerade Optimismus, Lebensfreude, na ja, und natürlich die Einstellung eines – wie man heute zu sagen pflegt – *Workaholic* hatten es Jewgeni nämlich erst ermöglicht, einen angemessenen Platz im Kreise der russischen Bankierselite einzunehmen.

Die Zeit verging. Vom frischgebackenen Bachelor der Universität Chicago wurde Albert zum Leiter der Abteilung Außenwirtschaft der väterlichen Bank. Und bald darauf heiratete er auch. Aus Liebe, nicht wegen des Geldes, denn Geld hatte er selbst mehr als genug. Die Braut, das heißt die junge Gattin, war schön, charmant und gescheit. Sie gehörte zum eigenen Kreis, was von vornherein die Notwendigkeit gewisser psychologischer Nuancen der Anpassung an einen anderen Vermögensstatus aus dem Weg räumte. Albina – so hieß Alberts Frau – wechselte schlicht und einfach von einer anständigen Familie zu einer anderen anständigen Familie. Weshalb die Kunst der Führung von Zimmermädchen und anderem Hauspersonal für sie kein Buch mit sieben Siegeln war.

Die Eltern sowohl der einen als auch der anderen Seite schenkten den jungen Brautleuten nach neurussischer Sitte ein kleines Einfamilienhaus sowie einen Geldbetrag als Startkapital für die Einrichtung des gemeinsamen Haushalts. Und die Kinder machten sich auch gleich mit jener Begeisterung daran, die der nach Selbstständigkeit strebenden Jugend zu Eigen ist. Argwöhnisch suchten sie sich einen Designer aus, wühlten sich pedantisch durch die ihnen vorgelegten Entwürfe und achteten peinlich genau darauf, dass die Hausangestellten zur Einrichtung passten. Früher hätte man gesagt: Sie bauten sich mit Liebe ihr Nest.

In Jewgenis Haus herrschten andere Gefühle. Die allein zurückgebliebenen Eheleute brachten das Gespräch immer wieder darauf, welch glückliches Schicksal ihrem Sohn doch beschieden war, lachten über den Feuereifer, mit dem die jungen Leute die Einrichtung ihres Hauses in Angriff nahmen, befassten sich mit der Planung ihrer schon bald bevorstehenden Reise in irgendeinen exotischen Äquatorialstaat, erschreckten einander zum Scherz mit der Vorstellung von künftigen Enkeln und nannten sich gegenseitig *Opa* und *Oma*. Kurz, sie stimmten fröhliche Töne an, denn in den verborgenen Winkeln ihrer Herzen regte sich zwar keine Unruhe, aber doch eine gewisse Trauer. Einen eindeutigen Grund dafür zu nennen ist schwierig. Hier spielte das Gefühl hinein, dass ihr Sohn sie nun nicht mehr brauchte, aber auch die Tatsache, dass ihre elterlichen Empfindungen noch nicht versiegt waren, sowie das Bewusstsein, dass sich in ihrem Haus, in ihren Herzen, in ihrer gemeinsamen Zukunft niemals mehr etwas auf fröhliche und plötzliche Weise ändern würde, dass ihr Leben allmählich ins Nichts hinabsank. Und schließlich das Vorgefühl des anbrechenden Alters, das sich nun quälend langsam über ihren Köpfen schließen würde wie ein gefrierendes Eisloch.

All diese flüchtigen Schatten auf ihren Seelen stellten für die geistige Gesundheit Jewgenis und Sinaidas zunächst natürlich keine Gefahr dar. Die alten und erfahrenen Eheleute wussten sich zu beschäftigen, wussten, womit sie ihren seelischen Tonus und ihr Interesse am Leben aufrechterhalten konnten. Jewgeni tauchte noch tiefer als zuvor in seine Bankgeschäfte ein, mistete den Augiasstall aus, der sich während der hektischen Hochzeitsvorbereitungen gebildet hatte, und förderte dabei dank unkonventioneller Ansätze noch Perlen und Smaragde zutage. Sinaida widmete sich dem Sponsoring und Mäzenatentum und empfand aufrichtiges Mutterglück, wenn die Schwachen dieser Welt jene nicht nur materielle, sondern auch moralische

Unterstützung erfuhren, die sie so dringend benötigten wie einen Schluck frisches Quellwasser. Und stets war sie peinlich berührt, wenn die vulgären Fernsehmacher eine Hilfsaktion für unglückliche, leidende und schutzlose junge Talente nicht als etwas Natürliches darstellten, gleich einem sanften Windhauch oder dem Juliregen, der dem durstigen Gras Erleichterung verschafft, sondern als triviale Show, inszeniert für den anspruchslosen Zuschauer, dessen Seele bis auf den Grund verhärtet war – und doch war diese Seele einst, in der fernen Kindheit, mitfühlend gewesen, zart und natürlich, wie ein sanfter Windhauch oder der Juliregen, der dem durstigen Gras Erleichterung verschafft. »Mein Gott!«, dachte Sinaida. »Wie kommt das nur? Wohin verschwindet nur all das Menschliche im Menschen, all das Wahrhaftige, die Fähigkeit, sich an Deiner Schöpfung zu begeistern?«

Natürlich sahen die Eltern die Phase der postmaritalen Trennung von ihrem Sohn mit einer gewissen emotionalen Übertreibung. Er war ja schließlich nicht ans Ende der Welt gezogen. Man stattete einander Besuche ab, in der Regel einmal im Monat. Außerdem arbeiteten Vater und Sohn ja in derselben Bank. »In unserer Bank«, wie Jewgeni zu sagen pflegte.

Albina dachte da jedoch anders. Zu groß war ihr Ehrgeiz, sogar in Relation zu jenem altersbedingten Egoismus, welcher der überwiegenden Mehrheit junger Ehefrauen eignet; diese neigen dazu, sich gewissen träumerischen Vorstellungen hinsichtlich ihrer Einzigartigkeit hinzugeben, welche hier und jetzt nach der höchsten Lohngruppe zu honorieren sei. Wäre diese unsympathische Eigenschaft jedoch die einzige gewesen, so wäre nichts Schlimmes passiert. In solchen Fällen bleibt es in der Regel bei mündlichen Beschwerden über die Nutzlosigkeit des Ehegatten. Doch gleich neben dem Komplex des Zu-kurz-gekommen-Seins wohnte in Albinas Charakter ein außergewöhnlicher Sinn fürs Praktische. Im Falle fehlender positiver moralischer Leitlinien kann dieser dazu führen, dass nicht nur das Glück der Nächsten zerstört wird, sondern auch das eigene.

Deshalb verwundert es nicht, dass Albina Albert bereits ein halbes Jahr nach der Trauung gründlich beharkte, wie man in den niederen Bevölkerungsschichten sagt. Im Wesentlichen bestand ihre Kritik darin, dass sein Job als drittklassiger Bankangestellter nicht nur ihn selbst, sondern auch sie erniedrigte. Davon hatte sie nicht geträumt, sich das so nicht vorgestellt, als sie damals, einem Opferlamm gleich, Hand und Herz einem Mann hingab, der sie mit bloßem Glanz verführt hatte.

Solcherlei Gespräche waren in Jewgenis Familie nie vorgekommen, und das konnten sie auch nicht, denn er gehörte der ersten Bankiersgeneration an, hatte sich also noch selbst den Weg nach oben gebahnt und in schweren Kämpfen und heißen Gefechten Standhaftigkeit bis hin zu moralischer Unantastbarkeit erworben. In Russland, wo das Dasein einer Achterbahn ähnelt, sind die Bankiers der zweiten Generation in der Regel dem Leben nicht gewachsen – manchmal fehlt ihnen sogar jegliches Rückgrat. Na, und da es die dritte Generation grundsätzlich nicht schafft, sich entweder für das Pseudogeistige oder das Pseudomaterielle eindeutig zu entscheiden, beginnt sie Revolutionäre zu finanzieren.

Albert gehörte der zweiten Generation an. Anstatt seine

Gattin deshalb in entschiedenem Ton auf ihren angestammten Platz zu verweisen, versuchte er mit willenlosen Fragen die Spannung in der Familie aufzulösen: »Und was soll ich denn tun?« oder: »Und wie soll das gehen?«

Albina wusste genau, *was* und *wie*. Instinktiven Ehrgeiz in ihrem Mann zu wecken war nur einer der Punkte ihres Plans, mit dem sie Albert schließlich den Posten des stellvertretenden Vorstandsvorsitzenden verschaffte. Aber auch das war ihr nicht genug. Sie sah sich nur als Frau des Firmenchefs. Weniger hieß für sie, dass ihr Leben gescheitert war.

Deshalb war der zweite Punkt ihres Eroberungsplans die Beseitigung des größten Hindernisses auf ihrem Weg: des Vorstandsvorsitzenden. Ihres Schwiegervaters. Des Vaters ihres Mannes. Da ihm psychologisch unmöglich beizukommen war, blieb nur eine Möglichkeit: ihn physisch zu beseitigen. Nein, sie hatte nicht die Absicht, ihrem Schwiegervater auf primitive Art Killer ins Haus zu schicken. Albina war immerhin eine Frau und empfand daher in ihrem feinsinnigen Bewusstsein den Zweikampf nicht als primitives, rhythmisches Schlagen von Degenklingen, begleitet von Pauken und großer Trommel, sondern als einen nervösen Dialog zwischen Geige und Flöte.

Also begann Albina Jewgeni zu verführen. So etwas kommt in den Kulturen der Welt gar nicht so selten vor, denn von Inzest kann hier ja keine Rede sein. Es wäre falsch zu behaupten, dass Jewgeni, der sich bei Frauen auskannte und eine Vielzahl von ihnen geliebt hatte, an diesem, wie man sagen muss, gemeinsamen Unterfangen rein passiv beteiligt war. Albina hatte jedoch die Initiative ergriffen, oder, wie man im höfischen Mittelalter zu sagen pflegte, sie war nicht das Wild, sondern der Treiber gewesen.

Wie sie es schaffte, im Herzen ihres Schwiegervaters den ersten sündhaften Funken zu entzünden, aus dem in der Folge ein verzehrendes Feuer entstehen sollte, können wir nur schwer beurteilen. Ein Beobachter von außen übersieht ja doch immer etwas, im Unterschied zu dem, auf den der überwältigende weibliche Zauber gerichtet ist. Denn selbst die aus unbeteiligter Sicht am wenigsten bedeutsamen Dinge können große Wirkung entfalten. Und Albina bemühte sich aus Leibeskräften, brachte ihr ganzes Arsenal weiblicher Tricks zum Einsatz, zu denen das Spiel mit Düften genauso gehörte wie zufällige kleine Nachlässigkeiten in der Kleidung, das auf Männer in gewissem Alter und mit gewisser gesellschaftlicher Stellung abgestimmte Make-up, die kunstvoll in die Wangen steigende verlegene Röte, die schmachtende, aber keineswegs vulgäre Langsamkeit der Gesten, die kurz und vielsagend über die Oberlippe fahrende Zungenspitze, Intonationen und ein gewisses Timbre der Stimme, die Körperhaltung während des Gesprächs, die stets genau gewählte, perspektivisch günstige Platzierung der eigenen Figur im Raum, je nach Einrichtung und Beleuchtung... All dies ergoss sie über ihren Schwiegervater, den die Jahre und die Arbeit noch nicht hatten erkalten lassen, doch tat sie es sanft und geschickt, denn sie hatte bereits fünf Jahre Ehe hinter sich und war daher eine erfahrene junge Frau. Ebenfalls keine geringe Rolle spielte bei ihrer sexuellen Expansion die Tatsache, dass ihr eine Imageberatungsfirma gehörte, die sowohl Politiker und Geschäftsleute bediente als auch einfach nur gut betuchte Damen auf der Suche nach sinnlichen Abenteuern.

Den ersten unzweideutigen Schritt hin zu einer sündhaften Verbindung machte Jewgeni. Albina erschrak furchtbar, gab sich verwirrt, jedoch nicht gekränkt. Mit dem Beben einer schwachen, sich vor ihrer eigenen Emotionalität fürchtenden Frau schlug sie den ersten Angriff zurück. Mit diesem gezielten Schritt machte sie Jewgeni den Rückzug unmöglich. Unternahm er keinen zweiten Versuch, so war er für immer einer, der die Frau seines Sohnes angemacht hatte. Schwerlich lässt sich eine noch schlimmere Erniedrigung vorstellen.

Entgegen Jewgenis Befürchtungen mied Albina nicht die Gesellschaft ihres Schwiegervaters. Aber sie verhielt sich nachdenklicher und schweigsamer. Und Jewgeni, der dank der seinen Berufsstand auszeichnenden guten Beobachtungsgabe für die inneren Seelenzustände der Menschen ein gutes Gespür hatte, begann plötzlich Wellen weiblicher Erregung zu empfangen, die vom Objekt seiner Begierde und Leidenschaft ausgingen.

Schließlich kam es zum Sündenfall. Als die Liebenden einmal zufällig in einem Jagdhäuschen allein blieben, erkannten sie einander wirklich, maßlos und leidenschaftlich. Und lösten sich nach fünf Stunden qualvoll aus ihrer – im guten Sinne des Wortes – animalischen Umarmung.

Von diesem Augenblick an wurden ihre geheimen Treffen zur Regel. Doch die Regelmäßigkeit, die echte Gefühle mit der Zeit in ein mechanisches, seelenloses Ritual verwandeln kann, war hier unerschöpflich und barg in sich Abgründe des Neuen, unendliche Verzückung und

Verwunderung. Schon bald begriff Jewgeni, dass er vor der Begegnung mit Albina eigentlich gar nicht gelebt hatte. Und das ist auch nicht weiter verwunderlich, denn weder Liebe noch fleischliche Lust noch in Dollar abgerechnete intime Dienstleistungen, weder Dankbarkeit, Angst noch Barmherzigkeit vermögen einem Liebhaber im Bett das zu geben, wozu eine gegen ihn gesponnene Intrige fähig ist.

Parallel zu dieser Liebesraserei initiierte die untreue Braut allerlei geschäftliche Machenschaften gegen Jewgeni, wobei sie zu deren Umsetzung den willenlosen und in persönlichen Dingen unerfahrenen Albert benutzte. Infolge geschickt maskierter Manipulationen seitens des jungen Vizechefs ging es der Bank immer schlechter und schlechter.

Ob Albert von den Absichten seiner Frau wusste? Zum Teil schon. Man darf ihn also keineswegs nur als blindes Werkzeug ihres abscheulichen Treubruchs betrachten. Diese ganze Geschichte mit ihrem tragischen Finale gründet sich daher auch zu einem gewissen Teil auf seine, des Sohnes, Niedertracht. Auch wenn er durch Albina zu der Überzeugung gelangte, dass er das ganze absichtlich ausgelöste Geschäftschaos selbst wieder ausbügeln würde. Jewgeni würde mit der Zeit einsehen, dass der junge Sohn, der stets die Kohlen aus dem Feuer holte, klüger, begabter, gebildeter und energischer war als der schon ein wenig matte Vater. Alsbald würde er dann Albert das Ruder übergeben und selbst den ruhigen und ehrenvollen Platz des Chefberaters einnehmen.

In Wirklichkeit war Jewgeni jedoch gar nicht in der Lage, irgendjemandem auch nur irgendetwas abzugeben, selbst wenn er dies plötzlich gewollt hätte. Das hing mit seinem Charakter zusammen, seiner Position als Gründer eines großen Unternehmens und seinen moralischen Grundsätzen. Natur und soziale Rolle hatten Jewgeni nur darauf programmiert zu nehmen. Und Albina wusste das nur zu gut.

Außerdem wusste sie, dass Jewgeni aufgrund der andauernden Probleme in der Firma ständig unter Stress stand. Auch zu Hause fühlte er sich mehr als unwohl, da ihn die Verbindung mit der jungen, feurigen Geliebten für das Ehebett absolut untauglich machte. Und das nicht etwa, weil er all seine fünfundvierzigjährigen Kräfte bei Albina verschleuderte und deshalb für Sinaida nichts mehr übrig blieb – keineswegs. Es war nur so, dass diese im Vergleich zu seiner Schwiegertochter in sexueller Hinsicht einfach keinerlei Kritik standhielt. Und Jewgenis zentrales Nervensystem daher nicht imstande war, eindeutige und klare Befehle hinsichtlich der Blutversorgung des entsprechenden Organs zu erteilen.

Weiter wusste Albina, dass Menschen mit kurzem Hals eine Veranlagung für ernsthafte Herz- und Gefäßkrankheiten haben. Und Jewgenis Hals war genau das: kurz.

So kam schließlich der Augenblick, da entschlossenes Handeln den endgültigen und unwiderruflichen Sieg herbeiführen musste. Albina arrangierte es, dass der Vater von Alberts absichtlicher Pfuscherei in der eigenen Bank erfuhr. Es folgte ein quälendes Gespräch mit dem Sohn unter vier Augen. Hinter schalldichten Türen ertönten Flüche und flossen Judastränen. In der Hitze des Gefechts eine wichtige Entscheidung zu treffen entsprach jedoch nicht Jewgenis Grundsätzen. Nachdem er wieder etwas zu sich gekommen war, fuhr er mit rasenden Kopfschmerzen zu Albina, um bei ihr Vergessen zu finden.

An diesem Abend war Albina in Höchstform. Die orgastischen Zuckungen ihres unersättlichen Körpers, ihr ekstatisches Stöhnen und Schreien hielten keinen Augenblick inne. Wie von Sinnen stürzte sich Jewgeni mit wollüstigem Schauder in einen bodenlosen Abgrund, dessen diamantene Steilwände verheißungsvoll funkelten. Plötzlich blendete seine Augen ein gleißendes Licht, und Schaum trat aus seinem Mund. Albina kam ein letztes Mal und stieg behende von dem besiegten Opfer. Drehte den wehrlosen Jewgeni auf die Seite, damit er nicht erstickte. Zog sich an. Schminkte sich. Und übergab den Schlüssel des Hotelzimmers mit den entsprechenden Erklärungen einem Zimmermädchen.

Jewgeni hatte einen Gehirnschlag erlitten, der in der modernen medizinischen Fachsprache als apoplektischer Insult bezeichnet wird. Dieser nahm dem Unglücklichen nicht nur für immer die Fähigkeit zu sprechen und sich selbstständig fortzubewegen, sondern auch vernünftig zu denken. Ohne seine traurige Lage selbst zu begreifen, hatte Jewgeni sich in die Welt seltsamer Illusionen und anomaler Bilder begeben ...

Das Rätselhafteste an dieser Geschichte ist, wie Sinaida – auch sie ganz und gar Frau, sensibel, intuitiv und an Jewgenis Aufstieg seinerzeit nicht unbeteiligt – das über ihr heraufziehende Unwetter nicht hatte erkennen können. Und wie sie nach allem, was geschehen war, nicht begriff, nicht erkannte, wer ihr Unglück verschuldet hatte!

Übrigens: Als nach drei Jahren die ersten Enkelkinder kamen, gab es keine Schuldigen und keine Unschuldigen mehr. Das Leben hatte die alten Wunden verheilen lassen. Und an die Stelle des einstigen Wohlergehens war die Hoffnung getreten, dass, wenn nicht wir, so doch wenigstens unsere Kinder und Enkelkinder unbedingt glücklich werden.

Perlenzucht unter simulierten Sowjetbedingungen

Vor etwa zehn Jahren war in unserer Gesellschaft die irrige Meinung weit verbreitet, jedes Individuum unter dreißig Jahren könne, unabhängig von seiner Bildung, seinem sozialen Stand und seinen moralischen Eigenschaften, ein erfolgreicher Unternehmer und damit schon bald sehr reich werden. Hauptsache, so dachte man, man war geistig flexibel und durchsetzungsfähig, alles andere würde sich dann schon von selbst ergeben.

Nach einiger Zeit trat allgemeine Ernüchterung ein, und alle begriffen, dass dies ein weiterer Mythos aus der Übergangszeit gewesen war, den jene Leute im Bewusstsein ihrer Mitbürger verankert hatten, denen dank einer besonderen Ausgangsposition auf dem Weg zur unbegrenzten Bereicherung keinerlei Hindernisse im Weg gestanden hatten. Viele hatten es versucht, doch während sich Tausende die Flügel verbrannten, hatten nur Einzelne Erfolg.

Aber keine Regel ohne Ausnahme. Nur so lässt sich der phantastische Höhenflug erklären, der einem ehemaligen wissenschaftlichen Juniormitarbeiter eines staatlichen Forschungsinstituts gelang. Dieser hieß Viktor. Übrigens heißt er auch heute noch so. 1990 gründete Viktor eine Firma, die mit seinem Beruf nicht das Geringste zu tun hatte, und schon sehr bald wuchs sein Unternehmen in solchem Maße, dass es stabile monatliche Einkünfte in

Höhe von Hunderten von Millionen Dollar erbrachte. Dieses großartige Glück eines Mannes, der nicht einmal Parteimitglied gewesen war, können sich weder Viktor selbst noch seine vielen Partner erklären noch seine glückliche Frau oder seine Eltern, deren politische Überzeugungen sich radikal gewandelt hatten. Sogar wenn jemand den Erfolgsmechanismus in diesem konkreten Fall um jeden Preis hätte herausfinden wollen und eine ernsthafte soziologische Studie, Marktanalyse oder sonst eine Untersuchung in Auftrag gegeben hätte, so wären nicht einmal die Wissenschaftler in der Lage gewesen, ihm eine Antwort zu geben. Sie hätten nur die Schultern gezuckt. Weiß der Teufel, hätten sie gesagt. Oder: Die Wege des Herrn sind unergründlich.

Bis 1997 machte Viktors Position einen äußerst stabilen Eindruck. Doch dann gestaltete sich die Konjunktur derart seltsam, dass er vor einem glasklaren Dilemma stand: entweder den eingeschlagenen Berufsweg fortzusetzen und innerhalb von zwei Jahren nicht nur alle Ersparnisse, sondern auch sämtliche Immobilien durch Abgaben an den Staat sowie an unzählige Stiftungen – die meisten davon offenkundig erpresserischer Natur – zu verlieren und arm wie eine Kirchenmaus zu werden; oder das Geschäft aufzugeben, sich mit neununddreißig Jahren zur Ruhe zu setzen und so nicht nur sich selbst, sondern auch seinen Kindeskindern eine sorgenfreie Existenz mit dem in sieben Jahren beharrlicher Arbeit erworbenen sagenhaften Vermögen zu sichern. »Sagenhaft« natürlich aus Sicht des Autors sowie der überwiegenden Mehrheit seiner Leser.

Und eines schönen Tages traf Viktor die richtige Entscheidung, derentwegen seine vielen Nachkommen seinen Namen ewiglich rühmen sollten, da ihnen, schon bevor sie geboren waren, ein würdiges Dasein bereitet war.

Die Hände jedoch in den Schoß zu legen oder die Zeit mit sinnlosen Vergnügungen totzuschlagen, die nur beschränkte Menschen ohne Charakter und moralisches Rückgrat locken können, das war nicht seine Art. Bald merkte Viktor, dass die Zeit, als er im Forschungsinstitut gearbeitet hatte, durchaus ihren Reiz gehabt hatte. Einen unerfindlichen, denn hätte man ihn gefragt, worin dieser Reiz denn bestand, so hätte er keine klare Antwort geben können.

Kurz, innerhalb eines Jahres ließ Viktor im näheren Moskauer Umland einen viergeschossigen Standardbau mit Labors, Werkstätten für Testproduktionen und anderen Einrichtungen bauen, kaufte die nötigen Anlagen und stellte mit großer Umsicht und unter Zuhilfenahme eines erfahrenen Personalberaters Mitarbeiter ein: die Leiter der Ersten Abteilung und der Regimeabteilung, akademisch ausgebildete Laborchefs und Leiter der Fachabteilungen, leitende, verantwortliche und einfache Ingenieure, Konstrukteure, Techniker und Laboranten, Messtechniker und Normierungsfachleute, Technologen, Abnahmeingenieure, Dreher, Fräser, Schlosser, Elektromonteure, Sanitärtechniker und Elektriker, Mitarbeiter für das Datenverarbeitungszentrum, Buchhalter, einen Kassierer, Bauarbeiter der verschiedenen Fachrichtungen, Fahrer, Köche und Tellerwäscher für die Kantine sowie Wach- und Versorgungspersonal. Direktor wurde er selbst.

Das so geschaffene Institut, das sich auf die Entwicklung von Funkmessgeräten spezialisieren sollte, zählte am

Ende über dreihundert Mitarbeiter. Und alle bekamen den gleichen Lohn wie zu Sowjetzeiten, ausgehend von der Kaufkraft des alten Rubels und des neuen Dollars. Als Vergleichsmaß entschied sich Viktor für ein nationales Grundlebensmittel: die Wurst. Früher hatte ein Ingenieur für seine 120 Rubel Gehalt ungefähr 60 Kilogramm Wurst kaufen können. Jetzt kostete ein Kilo Wurst etwa zwei Dollar. Weshalb man für 60 Kilo Wurst 120 Dollar zu zahlen hatte. Folglich war ein Rubel gleich einem Dollar. Diese Arithmetik verblüffte Viktor: Er erinnerte sich, dass zu Sowjetzeiten in der Zeitung ›Iswestija‹ jeden Monat der Kurs des Rubels im Verhältnis zu allen Währungen der Welt abgedruckt worden war. Damals war ein Rubel 96 Cent wert gewesen. Das heißt, die Kommunisten hatten gar niemanden belogen! Mehr noch, alle späteren Inflationen, Abwertungen und Denominationen hatten sich in keiner Weise auf das Verhältnis zwischen den Währungen der beiden Supermächte ausgewirkt.

Nachdem er kurz über das Profil seiner Einrichtung nachgedacht hatte, nannte Viktor sie wie seine frühere: »Wissenschaftliches Forschungsinstitut für Funkmessgeräte Mytischtschi« (WIFFM). Auch die Entwicklungsbereiche behielt er bei: Leistungsmesser, Impulserzeuger, Spektralanalysatoren und Apparate zur Kontrolle von digitalen Datenübertragungen in Lichtwellenleitern.

Eigentlich hätte man auch etwas viel Komplizierteres auswählen können. Zum Beispiel Navigationssysteme für interplanetare Raumschiffe oder ein System zur Prüfung von Kalibrierbrücken für Widerstandsmessgeräte mit einer Messgenauigkeit von $0{,}3 \times 10^{-15}$ Ohm. Denn im Institut sollte das sozialistische System der Produktionsverhältnisse wieder hergestellt werden, das sich durch den Verzicht auf das Postulat positiver Arbeitsergebnisse auszeichnete. Der Prozess selbst war entscheidend, denn er bewirkte, dass sich bei den Mitarbeitern ein Gefühl von Kollektivität und gegenseitiger Unterstützung herausbildete. Deshalb hegte Viktor gar nicht die Hoffnung, irgendwelche hoch spezialisierten Elektronikgeräte zu entwickeln oder ein paar einzelne Exemplare, die sich unerwartet als funktionsfähig herausstellen mochten, zu einem guten Preis zu verkaufen.

Viktor versuchte, eine Struktur, die in Russland nirgendwo mehr existierte, bis in alle Einzelheiten wieder aufzubauen. Zum »Tag des Funks« wurden hervorragende Mitarbeiter mit Ehrenurkunden ausgezeichnet, die Abteilungen mit dem besten Quartalsergebnis erhielten die Rote Wanderfahne, für kleinere gesellschaftliche Belange wurden Gewerkschaftsbeiträge erhoben, es gab eine Betriebsversammlung der Arbeiterschaft, bei der Fragen wie die Erhöhung der Produktivität und Einsparungen von Werkstoffen und Energieressourcen diskutiert wurden, sozialistischen Wettbewerb, eine zehnminütige Pause für Betriebsgymnastik, Wandzeitungen zu Feiertagen und »Blitzmeldungen« im Falle außergewöhnlicher Ereignisse – all das und noch vieles mehr ließ Viktor in den Mauern seines Instituts pflegen. Es gab sogar obligatorische landwirtschaftliche Sondereinsätze, wofür man eigens ein Grundstück im Puschkinskij-Bezirk angeschafft hatte, auf dem Kartoffeln gepflanzt wurden.

Wie lässt sich Viktors Macke erklären? Wohl kaum mit einer nostalgischen Sehnsucht nach längst vergangenen Jahren. Die Sowjetzeit hatte er nicht besonders geliebt.

Doch empfand er auch keine Abscheu davor, und deshalb hatte er sein einzigartiges Experiment in Angriff genommen. Ja, es war ein wagemutiges und zugleich äußerst interessantes Experiment der Restauration nicht mehr existenter zwischenmenschlicher Beziehungen innerhalb eines lokal begrenzten Kollektivs. Dabei verfolgte Viktor keinerlei pragmatische Ziele: Weder die Effektivität sozialistischen Wirtschaftens wollte er beweisen noch dessen Fehlerhaftigkeit.

Um der Atmosphäre eines Forschungsinstituts der siebziger Jahre so nah wie möglich zu kommen, wurde sogar die Institution der geheimen Informanten wieder ins Leben gerufen, die für fünf zusätzliche Dollar im Monat dem Leiter der Ersten Abteilung über die im Kollektiv herrschenden Stimmungen und die Loyalität der Mitarbeiter gegenüber der Leitung berichteten und etwaige dreiste Aussagen mündlich weitergaben. Obwohl das in dieser Situation überhaupt keinen Sinn mehr hatte, denn die Leute liebten Viktor. Sie konnten gar nicht anders, zumal er seinen Mitarbeitern für eine kaum belastende und nutzlose Arbeit das Existenzminimum finanzierte. Zwar konnte er einen schon zur Schnecke machen, wenn man zu spät oder in alkoholisiertem Zustand zur Arbeit kam oder erst gar nicht erschien. Doch nahm ihm das niemand übel – wenn man erwischt wurde, musste man auch dafür geradestehen. Niemand musste dabei um seine Stelle fürchten, da dies ein ernsthafter Verstoß gegen die Spielregeln gewesen wäre; schließlich hatte man auch früher selbst die eingefleischtesten Drückeberger und Säufer nicht entlassen, sondern umerzogen. Natürlich hatte diese Umerziehung rein formalen Charakter – wer gegen die

Arbeitsdisziplin verstoßen hatte, bekam einfach eine Kritik bei der Betriebsversammlung, nichts weiter. Als schlimmste Strafe galt, wenn dem Sünder seine Quartalsprämie vorenthalten oder der Urlaub auf die Wintermonate verlegt wurde.

Nach einem Jahr – alle Rädchen dieser wunderlichen Maschinerie waren bereits in vollem Gang – bot sich eine hervorragende Gelegenheit, den Zusammenhalt des Kollektivs sowie dessen Fähigkeit, für die gemeinsame Sache einzustehen, zu prüfen. Von der Existenz des Instituts hatten örtliche Banditen von nicht besonders hochwertigem Schlag und durchschnittlicher Gefährlichkeit Wind bekommen. Und ohne sich näher mit den wirtschaftlichen Problemen des defizitären Unternehmens zu befassen, schlugen die Erpresser dem Direktor eine monatliche Zahlung von einhunderttausend Dollar vor, »damit bei euch alles wie geschmiert läuft und kein Idiot euch bei der Arbeit stört«. Da Viktor die Gesetze, nach denen dieser Mob lebte, nur zu gut kannte, wusste er genau, dass er sich mit ihnen auch auf fünftausend einigen könnte, was ihn nicht im Geringsten belastet hätte. Doch stattdessen beschloss er, die Situation zu pädagogischen Zwecken zu nutzen. Er machte deutlich, dass er den unverschämten Kerlen nicht mal einen lumpigen Dollar zahlen werde. Diese stellten ihm große Unannehmlichkeiten krimineller Natur in Aussicht und gingen, ohne sich zu verabschieden.

Am nächsten Morgen berief Viktor eine Betriebsversammlung ein, bei der er dem Arbeiterkollektiv offen von der über ihnen allen schwebenden Gefahr berichtete. Natürlich war das ein wenig geschwindelt, hatte er selbst doch nichts zu befürchten, denn seine zuverlässigen Bodyguards wurden leicht mit drei Gaunerbanden dieser Art fertig. Auch über die Möglichkeit eines für beide Seiten annehmbaren Kompromisses ließ er sich nicht weiter aus. Die Wirklichkeit in Viktors Interpretation war so, dass das Institut nicht in der Lage war, den Verbrechern eine so hohe Summe zu bezahlen, weshalb man es werde auflösen müssen, mit allen Konsequenzen, die sich daraus für jeden Mitarbeiter ergaben, der bisher immer einen garantierten Lohn für eine mehr als erträgliche Arbeit bekommen hatte. Dann sagte er, dass jeder, der sich dazu äußern wolle, dies jetzt tun könne.

Und so beschloss man einstimmig, den Banditen aufrecht Widerstand zu leisten, wobei sich jeder vollauf bewusst war, dass der eine oder andere bei einem Zusammenstoß mit bewaffneten Verbrechern durchaus sein Leben lassen konnte. Staunend begriff Viktor, dass er ein großartiges System geschaffen hatte, in dem ein ungewöhnlich starkes kollektives Interesse an der gemeinsamen Sache herrschte. Er begriff, dass der Sozialismus nur als extrem lokale und der Anzahl nach kleine menschliche Gemeinschaft möglich war, von allen Seiten vom wirklichen Leben umgeben, getrieben von realen Instinkten, vergleichbar einer Hand voll unglücklicher Schiffbrüchiger, die sich auf einem rettenden Floß zusammendrängen, das von den Wellen des tosenden Ozeans hin und her geworfen wird. Nicht einmal innerhalb eines Stadtviertels oder eines Dorfes war der Sozialismus möglich, ganz zu schweigen von einer Stadt mit sieben Millionen Einwohnern.

Kurz gesagt: Die Mitarbeiter des WIFFM waren eher

bereit zu sterben, als sich von einhundertundzwanzig monatlichen Dollar zu trennen.

Und so stellte Viktor aus siebzig kräftigen jungen Männern ein Arbeitskommando zusammen. Nun ja, ein reines *Arbeits*kommando war es nicht, denn auch Ingenieure und Laboranten gehörten dazu, und auch der Leiter der Regimeabteilung, der laut Stellenplan als Einziger eine Pistole vom Typ Makarow bei sich trug. In der Schlosserwerkstatt wurden für die gesamte Belegschaft Rohre in Stücke von einem halben Meter Länge zersägt, dazu für alle Fälle noch ein paar Dutzend Lanzen aus Bewehrungsstahl geschliffen. Von fünf Werkzeugmaschinen nahm man die Antriebsketten ab. Dies würde zur Abwehr der ersten Attacke vollkommen ausreichen. Man begann zu warten.

Zwei Tage später fuhren zwei Jeeps vor der Eingangspforte vor. Ein paar glatzköpfige Schlägertypen in Lederjacken stiegen aus, träge, sich nach Ganovenart streckend und kratzend, ja geradezu lustlos. Bevor die Kerle begriffen, was überhaupt los war, stürzten einige Arbeiter so schnell, als flüchteten sie vor einem Feuer, aus der Pforte und begannen ohne weitere Erklärungen wütend auf die Banditen einzuprügeln, wobei sie ihre abgeschnittenen Wasserrohre mit verbissener Kraft auf deren Köpfe, Rücken, Schultern und zum Schutz erhobenen Arme niederprasseln ließen. Die Banditen waren von diesem unerwarteten Schachzug so verblüfft, dass sie weder Messer noch Pistolen zum Einsatz bringen konnten, obwohl sie beides in ausreichender Zahl mit sich führten. Und nach nur drei Minuten flüchtigen Kampfes suchten die Schlägertypen in ihren reichlich demolierten Wagen einer bestimmten

Ganovenmarke mit zersplitterten Scheiben und Scheinwerfern sowie verbeulten Motorhauben das Weite.

Das WIFFM jubelte.

Doch Viktor wusste, dass die Banditen, zutiefst erniedrigt, einen neuen Angriff unternehmen würden. Und diesmal durfte man nicht mehr mit einem leichten Sieg rechnen, denn in der Welt der Kriminellen, die ihre Opfer mit Hilfe animalischer Urängste unterdrücken und lähmen, wird einem solche Unabhängigkeit nicht verziehen. Das bedeutete, dass Blut fließen musste.

Also beschloss Viktor, die ungebetenen Gäste gut gerüstet zu empfangen: Es wurden dreißig Maschinengewehre angeschafft, vierzig Pistolen und genügend Munition für drei Tage Verteidigung. Auf dem Institutsgelände wurde der Kriegszustand ausgerufen: Die Menschen befanden sich rund um die Uhr innerhalb des Gebäudes, beobachteten die Umgebung, wurden im Nahkampf und in erster Hilfe ausgebildet und trainierten in einem Schießstand, den man im Keller eingerichtet hatte. Diejenigen Frauen, die nicht zum Sanitätsdienst eingeteilt waren, kochten für alle, wuschen Kleidung oder ermunterten einfach durch ihre Anwesenheit die Kämpfer, denen eine harte Prüfung bevorstand.

Im WIFFM herrschte ein verzweifelt verwegener Übermut, der das Gefühl der Freude am Leben intensivierte.

Und schließlich, am fünften Tag, hielten sieben Jeeps mit quietschenden Reifen vor dem Institutseingang. Heraus stürzten drei bis vier Dutzend muskelbepackte Bestien mit vollgestopften Taschen und weiten, aufgeknöpften Jacken und rannten auf das Tor zu, das man umsichtigerweise weit offen gelassen hatte. Die Rechnung war einfach und genial. Man durfte sich nicht in einen Straßenkampf verwickeln lassen, einmal aus Gründen der Konspiration, um Ermittlungen seitens der Miliz zu vermeiden, zum anderen aus taktischen Erwägungen: Für das Kommando war es nämlich wesentlich günstiger, in den eigenen Mauern zu agieren, wo man sich bestens auskannte und für den Feind so manche Überraschung bereithielt.

Die tumben Schläger, die gewöhnlich mit dem Kopf durch die Wand gingen und den Gegner ausschließlich mit ihrer Körpermasse überrumpelten, stürzten in einen Gang, den man für sie frei gemacht hatte, zogen und entsicherten ihre Waffen und stampften die Treppe hinauf, Stimmen folgend, die von einem Tonband kamen. Und dann, zwischen dem ersten und zweiten Stock, knatterte ihnen plötzlich eine Maschinengewehrsalve entgegen. Sie machten kehrt, doch auch von unten antwortete nun etwa ein Dutzend Kalaschnikows. Als sie begriffen, dass man sie in einen geschickten Hinterhalt gelockt hatte, waren die Banditen einen Moment lang baff und schrien dann verängstigt: »Scheiße!«, »Arschlöcher!«, »Schweine!«, »Aufhören, verdammt!«, »Wir ergeben uns!«, »Wir wollen gar nichts!« und »Wir gehen!«.

Doch das Institutskommando hatte andere Pläne. Man hatte nicht vor, Gefangene zu machen, was eindrucksvoll von einem Schaufelbagger unterstrichen wurde, der im Hof am Rande einer ausladenden Grube vor sich hin tuckerte.

An dem unablässigen, wütenden Gewehrfeuer erkannten die Banditen, dass es hier nichts zu verhandeln gab, und antworteten aus allen brünierten Läufen. Ein Teil von ihnen blieb auf der Treppe liegen, ein anderer schlug sich bis in die Flure des ersten und zweiten Stocks durch. Aber auch hier erging es ihnen nicht besser: Aus jeder Tür wirbelte ihnen glühendes Blei entgegen.

Nach zwanzig Minuten war alles zu Ende. Weitere drei Minuten später erhob sich in der dröhnenden Stille eine ängstlich fragende Stimme: »War's das etwa?«

Ja, dies war der totale und endgültige Sieg. Siebenunddreißig Banditen, die nie in der Lage gewesen waren, sich über etwas zu wundern oder sich an etwas zu erfreuen, hatten für immer ihre Augen geschlossen. Das WIFFM hatte drei Kämpfer verloren – bei der Trauerfeier hieß es: die mutigsten, begabtesten und eifrigsten.

Die Banditen wurden in der Grube verscharrt. Ihre Jeeps bekamen die besten Produktionsarbeiter als Belohnung dafür, dass sie mit der Waffe in der Hand ihre Ehre, Würde und Freiheit verteidigt hatten. Die gefallenen Mitglieder des Kommandos wurden mit allen Ehren bestattet, man sprach tief empfundene Worte bei der Trauerfeier und trank viel bitteren Wodka beim Leichenschmaus. Ihren Familien zahlte Viktor nicht nur eine einmalige Entschädigung, sondern versorgte sie mit einer durchaus anständigen Hinterbliebenenrente.

Das Leben im WIFFM wurde durch das vergossene Blut noch stärker zementiert. Und zwar sowohl durch das eigene, denn das Institut war zu diesem Zeitpunkt bereits eine große Familie, ein Fleisch und Blut geworden, als auch durch das fremde, feindliche, denn so verwandelte sich die gesamte umgebende Welt in etwas Fremdes und Feindliches, das nichts als Unannehmlichkeiten oder Unglück verhieß.

Na, und Viktor war nun natürlich so was wie eine kleine

Gottheit, ein Idol, aus einem Holzblock geschnitzt oder einem Findling geschnitten. Allmählich zog er sich immer mehr in sich selbst zurück, wandte sich von oberflächlichen Kleinigkeiten ab und versenkte sich in verborgene Tiefen, was seine Ähnlichkeit mit einer kultischen Skulptur noch verstärkte. Er wandte sich der japanischen Dichtung zu. Und begann selbst, das Wesen der Dinge und Erscheinungen in Verse zu fassen:

Kein Sturm ist imstande
die Ruhe der Perle zu stören
die zwischen festen Schalen reift

Die Institutsangestellten waren jene zarte Molluske, in der zwischen festen Mauern, geschützt vor den Unbilden des Lebens, langsam eine wertvolle Perle heranwuchs. Im Innern floss die Zeit unhörbar dahin …

Doch plötzlich geschah etwas Unerwartetes, Wildes, Unfassbares: Viktor verlor das WIFFM beim Kartenspiel. Wie so etwas diesem nicht dummen und durchaus verantwortungsbewussten Menschen passieren konnte, ist nicht der Rede wert. In jedem von uns sitzt ein Dämon, der mitunter etwas völlig Unglaubliches anstellt.

Kurz, an einem abscheulichen Morgen kam ein anderer Direktor in das Institut. Und seine Absichten waren andere, und er war nicht reich genug, um das menschliche Experiment fortzusetzen.

Doch nach einiger Zeit holte Viktor all die Seinen, die ihm inzwischen fast schon zur Familie geworden waren, aus dem WIFFM und ließ dem Falschspieler sämtliche Immobilien und Anlagen. Und gründete ein sogenanntes

Katakomben-Institut. Doch das ist bereits eine ganz andere Geschichte, die stark an Sektierertum unter Verwendung psychedelischer Elektronik erinnert. Diese vertraute mir Viktor nicht an, denn als eingefleischter Egoist glaubte er, dass nur Auserwählte gerettet werden dürfen. Sollen die Übrigen doch alle im Finstern wandeln, bis sie in eine riesige schwarze Grube stürzen, die in unerträglichem, blendendem Licht erstrahlt.

Der Jagdunfall

Wenn erfolgreiche Geschäftsleute mit Vertretern der Presse und des Fernsehens sprechen, machen sie über die Herkunft ihres ersten eigenen Geldes in der Regel nur sehr nebulöse und wenig konkrete Angaben. Ihre gezierten Erinnerungen – nicht gerade Meisterwerke der Logik und Originalität – lassen sich in einem einzigen Satz zusammenfassen: *»Ich war jung, energisch und habe viel gearbeitet.«* Diese Erklärung mag Menschen, die nach 1980 geboren sind, durchaus zufrieden stellen. Die Älteren jedoch werden dabei an den Durchschnittslohn zu Beginn der Kooperativen-Bewegung in Russland erinnert, der zweihundert Rubel monatlich betrug (etwa fünfzig Dollar, umgerechnet zum Schwarzmarkt-Kurs jener Jahre), an die sowjetische Gesetzgebung der Perestroika, die die jungen Unternehmer völlig handlungsunfähig machte, und daran, dass damals Begriffe wie *Immobilien, Börse, Auslandsreisepass, Killer, Voucher, Pfandauktion, Kreditkarte, Steuerpolizei, Kasino, Showbusiness* und *Marketing* noch gar nicht existierten. Nicht einmal Mobiltelefone und Faxgeräte gab es zu jener Zeit. All dessen eingedenk können Menschen reiferen Alters auf die Lektüre derartiger Enthüllungen nur mit einem verständnislosen Achselzucken reagieren.

Um zu illustrieren, was hinter den Worten *war jung*

und habe viel gearbeitet steckt, soll hier offenbart werden, woher das Startkapital eines heute überaus erfolgreichen Bankiers stammt, dessen Konterfei uns auf den Seiten des ›Kommersant-daily‹ freundlich entgegenlächelt. Das Ziel dieser Veröffentlichung sind jedoch keineswegs wie auch immer geartete allgemein gültige Schlüsse, welche zweifelsohne das Privileg einer seriösen Wissenschaft wie der Soziologie sind. Noch viel weniger beabsichtigen wir hier, jemanden zu entlarven, am Ärmel zu packen und an den Pranger zu stellen. Ganz im Gegenteil: Unser Ziel ist es, eine Art Porträtgalerie zusammenzustellen, deren einzigartige Figuren, markante Charaktere und fesselnde Schicksale die Vorstellungskraft des Lesers übersteigen.

Und die Geschichte vom Kapital des Helden dieser Schilderung, den wir Fjodor nennen wollen, passt hier sehr gut hinein, denn sie gibt in hohem Maße Aufschluss über sein inneres Wesen.

Fjodor wurde in einer russischen Gebietshauptstadt geboren und lebte dort lange, ohne sich von den übrigen sechshunderttausend Einwohnern in irgendeiner Weise zu unterscheiden. Doch als die Perestrojka begann und sich die Möglichkeit ergab, legal reich zu werden, regte sich in ihm, wie in einem Recken aus dem russischen Heldenepos, eine bis dahin verborgen schlummernde Kraft, die auf unkonventionellem Denken, Frechheit, Zynismus und grenzenlosem Egoismus beruhte. Daher eröffnete Fjodor keine gebührenpflichtige Bedürfnisanstalt, keine Kooperative zum Verkauf von Piroschki, keine Elektrowerkstatt und auch keine Zwischenhandelsfirma, sondern begann neugeborene Kinder in industriellem Maßstab an ausländische

Bürger zu verkaufen. Zu diesem Zweck pachtete man ein Pionierlager weit außerhalb der Stadt und heuerte eine Gruppe von Kriminellen alten Kalibers an, denn die heutigen Banditen gab es damals noch nicht.

Schon nach kurzer Zeit hatten die schweren Jungs das Lager mit gekidnappten Frauen in fortpflanzungsfähigem Alter gefüllt, die neun Monate nach Eintragung der Kooperative »Demos« massenhaft Kinder zu gebären begannen. Dieses Geschäft erwies sich als derart einträglich, dass Fjodor bereits nach zwei Jahren die Produktion einstellen ließ und im Moskauer Getümmel untertauchte, mit neuem Pass und einem Köfferchen voller Dollars inklusive des Anteils, den die Kollegen ohne Grund für sich beanspruchten.

Na ja, und danach begann er wirklich viel zu arbeiten, allerdings in einem anderen, legaleren Bereich. Diese Arbeit trug schließlich auch die lang ersehnten Früchte: Fjodor war ein mächtiger Bankier geworden.

Nur im Privatleben hatte er einfach kein Glück. Dabei zog er die Aufmerksamkeit der wählerischsten Frauen auf sich, und das lag keineswegs am Geld, das er in Unmengen besaß, sondern an der machtvollen Energie, die von seinen schwarzen Augen ausging. Es gab reichlich Schönheiten, kluge Frauen und neue Aristokratinnen, die nur auf einen Wink warteten, um zu ihm zu eilen und ihr Leben demütig mit seinem siegreichen Schicksal zu verbinden.

Doch hatte Fjodor für keine von ihnen etwas übrig. Und aus reiner Berechnung zu heiraten hatte für ihn keinen Sinn. Er war reich genug, es aus Liebe zu tun.

Doch was ist Liebe? Ein zutiefst individuelles Gefühl.

Der eine mag Sanfte und Blauäugige, der andere Wilde und Übermütige, der Dritte Kluge und Vernünftige, der Vierte Aufopferungsvolle, der Fünfte kinderliebe Glucken … Kaum ein Mensch ohne irgendeine vertrackte Leidenschaft. Fjodor versuchte, mehr über sich, seine Gefühle und Bedürfnisse herauszufinden. Erst nach langem, quälendem Grübeln während schlafloser Nächte begriff er, dass er nur eine lieben konnte, die so war wie er selbst. Also eine, die ihren eigenen Kopf hatte, frech war, zynisch – aber egoistisch sollte sie nicht sein, sondern dem Geliebten treu bis zur Selbstaufgabe.

Von dieser Erkenntnis ausgehend, prüfte er erneut den weiblichen Teil seiner Bekanntschaften und sonderte sieben Kandidatinnen aus, die den gestellten Anforderungen in gewissem Maße entsprachen. Doch wie sollte er aus diesen nun die Eine herausfinden, mit der er sein ganzes restliches Leben glücklich verbringen würde?

Er ließ seinen Referenten kommen. Jedes Mal wenn dieser eilfertige, in allen Geschäftsfragen kompetente, tadellos gekleidete, frisch frisierte und rasierte, nach irgendeinem besonderen Aroma duftende, sportlich aussehende junge Mann Fjodor unter die Augen trat, wurde dieser von höchst negativen Gefühlen befallen. Durch Fjodors Kopf wirbelten dann die ungewöhnlichsten Phantasien über diesen gelehrten Esel, der keine Ahnung vom wirklichen Leben hatte und nur aufgrund einer Universitätsausbildung Unsummen verdiente, die man für viel wichtigere Dinge hätte verwenden können.

Fjodor schließt die Augen und begibt sich für fünf Minuten in das Reich süßer Träume. Er sieht deutlich, wie er den Kopf des Referenten in die mit Exkrementen gefüllte Schüssel einer Bahnhofstoilette steckt und ihn mit einem Messer, das er unterhalb der Schulter angesetzt hat, zwingt, Fäkalien zu essen. Oder wie er, in der rechten Hand einen Hammer, in der linken einen Meißel, dessen Spitze gegen die Wirbelsäule des auf eine ungehobelte Holzbank gefesselten Referenten drückt und aus voller Kraft mit dem Hammer auf den Holzgriff des Meißels schlägt. Oder wie er den Referenten zu der Drehmaschine führt, an der er während der Jahre in der Maschinenfabrik geschuftet hat, und sie bis auf maximale Drehzahl hochfährt. Dann beugt er sich, angeblich um etwas zu erklären, gemeinsam mit dem Referenten über das im Futter rotierende Werkstück und wirft dessen Krawatte mit dem Ende über den schwirrenden Stahl. Die Krawatte ist aus hervorragendem Material, reißt also nicht, sondern wickelt sich blitzschnell um das Werkstück und würgt den Referenten. Und dann beginnt die ehrliche und arglose Maschine den bereits leblosen Kopf zu zermalmen, bis das ach so kluge und teure Hirn des Herrn Referenten wie Sahnecreme durch die Werkhalle spritzt …

Nachdem Fjodor sein tägliches autogenes Fünf-Minuten-Training beendet hatte, öffnete er die Augen und gab einen psychologischen Test in Auftrag, mit dem man bei den Kandidatinnen unkonventionelles Denken, Zynismus, Frechheit in ihrem Handeln und Ergebenheit gegenüber dem Herrn feststellen konnte. Dieser müsse jedoch in so subtiler Form durchgeführt werden, dass die jeweilige Testperson nichts bemerke.

Zwei Wochen später überreichte man Fjodor die am PC aufbereiteten Ergebnisse der Studie. Heraus kam, dass aus den sieben Kandidatinnen drei herausragten: Shanna, Karina und Fira. Sie ließen bei etwa gleicher Punktzahl ihre Konkurrentinnen weit hinter sich.

Es war also ein neuer Test nötig. Und zwar kein theoretischer, sondern ein möglichst praktischer. *Mit der Theorie geht man nicht ins Bett und hat auch keine Kinder*, so schätzte Fjodor die Lage ein. Deshalb sollte nun nicht geklärt werden, welche potentiellen Fähigkeiten jede der Kandidatinnen hatte, sondern welche von ihnen eine schwierige und gefährliche Aufgabe, bei der die für Fjodor entscheidenden Eigenschaften gefordert waren, am besten bewältigte.

Und das Konzept dieser Aufgabe war ebenso unfassbar ruchlos, zynisch, egoistisch und unkonventionell wie seinerzeit die Kinderzucht. Fjodor ging zunächst auf völlig natürliche Weise vor: Er begann Shanna, Karina und Fira gleichzeitig zu hofieren. Das Wort *hofieren* ist in unserem Fall freilich kaum angebracht, da die Auslastung des ehewilligen Bankiers es ihm nicht gestattete, den Objekten seiner Herzensansprüche genügend Zeit für regelmäßige längere Begegnungen zu widmen, bei denen gegenseitige Bindung und emotionale Neigung hätten reifen können, also eben das, was von Menschen mit geringerem Verantwortungsbewusstsein *Verliebtheit* genannt wird.

Fjodor ließ ihnen kleine Aufmerksamkeiten zuteil werden, was in seiner Lage mehr als ausreichend war. Entsprechend der in den Kreisen der elitären Finanzoligarchie herrschenden Etikette zeugen solche Aufmerksamkeiten von ernsthaften Absichten des Schenkenden und, werden sie angenommen, von der Bereitschaft der Empfängerin, gegenüber dem Schenkenden jegliche persönliche Verpflichtung zu übernehmen. Weshalb Shannas, Karinas und Firas glühende Herzen nun ganz für Fjodor entbrannten.

Und hier beginnt der interessanteste Teil für den Leser und der schwierigste und unfassbarste für die potentiellen Bräute, die im Geiste bereits den Schnitt ihres Brautkleids, das Programm der Hochzeitsfeier und das Reiseziel der Flitterwochen planten.

Mit gekonnter schauspielerischer Intonation informierte Fjodor jede von ihnen, dass die beiden anderen einen Anschlag auf sie vorbereiteten. Dass die Killer bereits in der Planungsphase seien. Und dass er nichts mehr wünsche, als diese Untat zu vereiteln, aber seine Sicherheitsleute seien total eingespannt, da im Unterhaus eine Sitzung anstehe, bei der es angeblich um seine Verbindungen zu kriminellen Strukturen gehen werde. Dass diese Sitzung von ebenjenen Intrigantinnen inszeniert worden sei, *die unsere Liebe zerstören wollen.* Und dass *ich das nicht überlebe, wenn dir etwas passiert. Ich bin sicher, du wirst allein mit ihnen fertig.*

Neben dem Motiv für das angeblich geplante Verbrechen – Eifersucht und Neid auf fremdes Glück – brachte Fjodor noch einige indirekte Indizien an, die er in seiner Jugend in dem Band ›Klassische englische Kriminalgeschichten‹ gelesen hatte. Es gelang ihm nahezu, jede der drei Frauen von der Wahrheit dieser lebensgefährlichen Bedrohung zu überzeugen. Doch noch blieben Zweifel. Und sobald sie sich von Fjodor getrennt hatten, von dem Zauber seiner eindringlichen Stimme und seines sorgenvollen Blicks, beruhigten sie sich allmählich wieder und neigten zu der Ansicht, all das sei eine Folge der Überanstrengung ihres aufopfernden Geliebten, der ohne Rücksicht auf seine Gesundheit der Mühsal seiner Finanzgeschäfte nachging.

Am nächsten Tag trafen sich alle mit Ausnahme Fjodors auf einem Abendempfang zu Ehren des neuen außerordentlichen und bevollmächtigten Botschafters der Republik Brasilien. Und hier begann der von Fjodor eingeleitete Plan zu greifen. Jedes der Mädchen begann die beiden anderen aufmerksam zu beobachten, war darauf bedacht, sie immer im Blickfeld zu behalten, ihre Worte mitzuhören, den Ausdruck ihrer Augen zu prüfen. Folglich bemerkte jede von ihnen mit Schrecken das erhöhte Interesse ihrer Rivalinnen an ihr. Die Spannung innerhalb des jungfräulichen Dreiecks wuchs, die Emotionen steigerten sich bis zum Äußersten, und auf den vibrierenden Nerven spielte die Melodie des Krieges. Dabei kam auch die schreckliche Waffe der weiblichen Intuition zum Einsatz, die mit untrüglicher Sicherheit die von den Verschwörerinnen ausgehenden Düfte des Bösen registrierte.

Beim nächsten Empfang erschien Karina in Begleitung zweier mächtiger Bodyguards, deren Köpfe ständig hin und her zuckten. Am nächsten Morgen hatten sich auch die beiden anderen Jägerinnen Leibwächter besorgt.

Das erste Opfer dieses Krieges war Karina. Kurz darauf folgte Fira. Für Fjodor blieb also Shanna. Doch bis zum Happy End war es noch ein weiter Weg.

Es ist weithin bekannt, dass jeder im Bankbereich arbeitende Mensch, selbst der unbedeutendste Büroangestellte, seine Vorsicht in Geschäftsdingen auf das Privatleben überträgt. Er macht keinen Schritt, ohne diesen mehrfach einer umfassenden Prüfung zu unterziehen, die in ausreichendem Maße den Erfolg der geplanten Handlung sicherstellt. Und Fjodor, der, wie es in den weniger begüterten Teilen der Bevölkerung hieß, *mit Milliarden jonglierte*, nahm erst recht jede Kleinigkeit peinlich genau. Also dachte er sich für seine künftige Gattin noch einen weiteren Test aus, mit derart fatalen Konsequenzen, dass sein Ergebnis sich in der Öffentlichkeit niederschlug und zu jenem lawinenartigen Sturz des Rubelkurses führte, den man später als Schwarzen Donnerstag bezeichnen sollte. Wobei das Attribut *schwarz* in diesem Fall nicht als Synonym des Adjektivs *schlecht* verwendet wird, sondern die Tatsache bezeugt, dass dieser Finanzkatastrophe ein Ereignis zugrunde lag, welches sich auf dem Schwarzen Kontinent, also in Afrika zugetragen hatte. Doch eins nach dem anderen.

Fjodor schaufelte sich von seiner wahrlich kostbaren Zeit zwei Wochen frei und lud Shanna ein, sich in Sun City, jener fantastischen, im Süden Afrikas von Zehntausenden armer Menschen für ein paar Tausend Reiche errichteten Oasenstadt, zu vergnügen und dabei ihre Nerven zu beruhigen. Shanna nahm die Einladung ihres künftigen Gatten gern an, und so machten sich die Beinahe-Eheleute voll des Glücks auf eine – vom Standpunkt nationalen Brauchtums aus gesehen – recht seltsame Hochzeits*vorbereitungs*reise.

Märchenhafte Shows mit erstklassigen Weltstars, berauschende Kasinos, wo man mit einem coolen Lächeln auf den Lippen den Jahresgewinn eines Tochterunternehmens verspielte, Exkursionen zu dunkelhäutigen Magiern, deren Kraft hundertmal stärker war als die der russischen Scharlatane, endlose Feuerwerke, Karnevals, Gladiatorenkämpfe ohne Regeln und Martinis zu fünfhundert Dollar das Glas – nach all dem Matsch in Moskau war die ahnungslose Shanna völlig überwältigt, und ihr schwirrte der Kopf.

Fjodor bereitete sich unterdessen auf die Löwenjagd vor. Und weil es sich dabei um ein völlig ungefährliches Hobby handelt – die Jäger werden ja von erfahrenen Wildhütern betreut –, sollte Shanna als Fjodors zukünftige Lebensgefährtin die ganze Schönheit, aber auch gewisse Beschwernisse dieses elitären Vergnügens mit ihm teilen.

Nach zweitägiger gründlicher Vorbereitung bestiegen Fjodor und Shanna einen unter dem Gewicht der Ausrüstung ächzenden Jeep und machten sich in Begleitung zweier Dunkelhäutiger auf in die geheimnisvolle Savanne.

Die erste Überraschung kam gleich, nachdem sie aus dem Wagen ausgestiegen waren und die Ureinwohner erklärten, fünf Stunden zu Fuß in nordwestlicher Richtung hause ein Löwenrudel, aus dem man sich ein sehr anständiges Exemplar aussuchen könne. Und Fjodor plötzlich jedem der Wildhüter einen Hundertdollarschein gab und sagte, er benötige ihre Dienste nicht mehr. Sie sollten jedoch mit dem Jeep an Ort und Stelle auf sie warten. Shanna äußerte Bedenken, die schon fast an eine Missbilligung dieses leichtsinnigen Schrittes grenzten. Doch ihr Auserwählter hatte für den Jagdgang zu zweit absolut logische Argumente. Erstens war das Bankgeschäft wesentlich schwieriger und gefährlicher als die Jagd auf irgendwelche langschwänzigen Katzen, die Fjodor in intellektueller Hinsicht ohnehin nicht das Wasser reichen konnten. Zweitens sollte seine künftige Frau mit ihrem Gatten alle Mühen und Fährnisse des Familienlebens zu gleichen Teilen tragen. Drittens würde diese gemeinsame Prüfung ihre Liebe noch mehr festigen. Viertens, wenn sie einmal Enkel bekämen, hätten diese allen Grund, stolz auf ihre mutigen Großeltern zu sein. Und so warf sich Fjodor einen dreißig

Kilogramm schweren Rucksack sowie zwei automatische Armeekarabiner über die Schultern und begann sich einen Weg durch das afrikanische Dickicht zu bahnen. Hinter ihm, mit etwas leichterem Rucksack und nur einem Karabiner, folgte gehorsam Shanna.

Der Weg war nicht leicht. Wildes Gestrüpp behinderte das Vorankommen, Mücken und Ungeziefer hatten sich in der Luft zu summenden Wolken zusammengeballt, intensive unbekannte Gerüche benebelten die Sinne und zwangen sie, sich alle paar Minuten mit Uhr und Kompass zu orientieren. Dreimal machten die Löwenjäger Rast, um sich mit NATO-Feldrationen zu stärken. Und als sie endlich an dem Punkt ankamen, der auf der Karte mit einem roten Kreis gekennzeichnet war, waren ihre Kräfte derart erschöpft, dass sie erst einmal ein Zelt aufschlagen mussten, um sich richtig auszuschlafen. Den Anweisungen entsprechend ließen sie über Nacht ein Warnlicht mit Ultraschallgerät laufen, um Raubtiere fern zu halten.

Am Morgen erwachten sie in bester Stimmung, erfrischt vom Schlaf und ermutigt von der Erkenntnis, dass sich alles in bester Weise anließ. Blieb also nur noch, mal eben zwei Dutzend Löwen, Leoparden und Nashörner abzuknallen ... Eine geradezu jugendliche Euphorie ergriff sie, und wäre ihnen eine Elefantenherde über den Weg gelaufen, sie hätten fröhlich zu den Karabinern gegriffen und drauflosgeknallt. Zu ihrem Glück kam es nicht zu einer solchen Begegnung.

Sie mussten bis zum Einbruch der Nacht warten, denn laut Anleitung gingen die Löwen erst jetzt – gut ausgeschlafen – auf die Jagd. Shanna veranlasste dies zu dem

Scherz: »Was sind denn das für Löwen – die reinste Boheme!«

Am Abend, als alles bereit war für die Begegnung mit den furchtbaren Raubtieren, sagte Fjodor mit seltsam einschmeichelnder Stimme: »Weißt du, Shanna, kann sein, dass wir heute Nacht Pech haben. Vielleicht sitzen wir die ganze Zeit auf der Lauer, ohne dass sich die Löwen blicken lassen. Und morgen und übermorgen passiert vielleicht das Gleiche. Und dann hängen wir hier rum bis zum nächsten Jahrtausend. Und in der Bank kann inzwischen ohne mich alles Mögliche anbrennen.«

»Na, dann gehen wir eben ohne Löwenfell zurück«, antwortete Shanna, noch immer nichts ahnend.

»Ja schon, aber nach so einer Jagd würde man hinter meinem Rücken ganz schön zu kichern anfangen. Und das ertrage ich nicht. Ich habe zu hart um meinen Ruf gekämpft, um ihn jetzt einfach so in den Wind zu schießen.«

»Und was sollen wir tun, Fjodor?«

»Es gäbe eine Möglichkeit. Ich weiß gar nicht, wie ich dir das erklären soll.«

»Irgendwas furchtbar Unanständiges, was? Wie bei der Krokodiljagd?« Shanna erinnerte sich an einen Witz, der in ihrem Bekanntenkreis kursierte.

»Nein. Diese Methode der Löwenjagd ist deshalb so sicher, weil dabei ein Köder verwendet wird.«

»Na und? Du hast doch sicher irgendwas Passendes in deinem Rucksack. Das wirfst du ihnen hin, und dann werden sie schon kommen.«

»Du verstehst nicht, Shanna, der Köder muss lebendig sein. Nur dann ist der Erfolg garantiert.«

»Aber woher nehmen wir den jetzt? Darum hätten wir uns früher kümmern müssen.«

»Das hab ich doch.«

Ein beklemmendes Schweigen trat ein. Überrascht blickte Shanna Fjodor an und begriff, dass sie nun alles, was sie sagte, sorgfältig abwägen und bedenken musste.

Fjodor fuhr unterdessen fort: »Ich habe mich schon darum gekümmert. Noch in Moskau habe ich eine Menge über die Löwenjagd gelesen. Und dabei herausgefunden, dass bei den hiesigen Stämmen, die sich – natürlich nur bildlich gesprochen – davon ernähren, die Jäger einen aus ihren Reihen als Köder verwenden. Sie machen das der Reihe nach. Dem Köder droht dabei keinerlei Gefahr.«

»Und wer von uns soll also der Köder sein?«, fragte Shanna. Sie brachte all ihre Willenskraft auf, um ruhig zu bleiben.

»Du.«

»Sag mal, weißt du eigentlich, was du da sagst?! Und du selbst, willst du's nicht auch mal probieren?«

»Aber ich schieße doch besser als du, meine Liebe. Wenn du den Karabiner nimmst, werden sie uns noch beide fressen.«

»Und was soll ich also machen, etwa nackt durch den Wald rennen? Und mich dann ihrem Anführer hingeben?! Und du, mein Lieber, knallst ihn dann so einfach aus dem Stand ab?«

Shanna begann zu zittern. Sie verspürte sogar den Wunsch, diesem Schwein eine runterzuhauen. Fjodor begriff, dass weitere Überzeugungsversuche sinnlos waren. Doch er hatte eine solche Reaktion erwartet. Und die bedeutete keineswegs, dass Shanna die Prüfung nicht bestanden hatte.

Fjodor wechselte die Taktik. Vor den Augen der vor Furcht und Abscheu erstarrten Shanna holte er aus seinem Rucksack ein Seil. Und als sie sich durch Flucht zu retten versuchte, schlug er sie grob mit der Faust nieder und schleppte sie zu einem Baum, ohne auf die Schreie des Köders und die tiefen Kratzer zu achten, die sie auf seinem Gesicht hinterließ. Dann fesselte er sie dicht an den Stamm des nicht näher bestimmten Baums. Er knebelte sie nicht, da sie nur noch leise stöhnte – und das war genau, was er von ihr erwartete. Dann riss er den rechten Ärmel von ihrem Safarihemd ab und machte mit seinem rasierklingenscharfen Jagdmesser aus Solinger Stahl auf ihrem weichen, jungfräulichen Unterarm einen kleinen Schnitt. Ein dünnes Rinnsal Blut begann zu fließen, dessen Geruch sicher bald Raubtiere anlocken würde.

Fjodor entfernte sich etwa zwanzig Schritte, sprühte sich mit einem dufthemmenden Spray ein, legte sich hin – den einen Karabiner im Anschlag, den anderen griffbereit daneben – und deckte sich mit Laub zu. Da es bereits zu dunkeln begann, stellte er das Nachtsichtgerät ein und verharrte regungslos.

Shannas Stimmung wechselte in Schüben von völliger Ergebenheit bis hin zu schwachen Hoffnungsschimmern; in diesen Augenblicken flehte sie Fjodor auf innigste und zärtlichste Weise an, sie freizulassen.

Doch Fjodor blieb hart. Diese Grausamkeit gegenüber seiner zukünftigen Ehefrau war absolut begründet. Durch diese letzte Prüfung sollte Shanna begreifen, dass Fjodor ihr weiser und mächtiger Herr war, der stets wusste, was zu tun war und wie man sich zu verhalten hatte, um erfolgreich zu sein. Eine Frau, die ihrem Mann in allem gehorchte und zugleich über genügend Eigeninitiative und Skrupellosigkeit verfügte, um jeden seiner Wünsche auf kreative Weise zu erfüllen – was brauchte man noch für ein glückliches Familienleben? Wenn Shanna dies jedoch nicht verstand, so hatte sich Fjodor in seiner Wahl geirrt.

Inzwischen war es stockdunkel geworden. Die Nacht war erfüllt von unruhigem Rascheln, dem Flattern unsichtbarer Flügel, dem entfernten Heulen der Schakale und dem wahnsinnigen Gelächter der Affen. In diesen Chor nächtlicher Stimmen mischte sich Shannas leises Stöhnen ... Plötzlich verstummte alles. Was nur bedeuten konnte, dass der Löwe, der König der Tiere, sich auf die Jagd begeben hatte. Bis aufs Äußerste konzentriert achtete Fjodor auf jedes Geräusch und starrte angespannt durch die grüne Linse des Nachtsichtgeräts. Es konnte sich nur noch um Minuten handeln.

Eine Löwin, von den ungewohnten Geräuschen angelockt, begann sich ihnen vorsichtig zu nähern, um diese seltsame Beute nicht zu erschrecken. Nach einigen weiteren Schritten erblickte sie eine menschliche Gestalt, die sich hinter einem Baum verbarg und sich ängstlich, in Erwartung des nahen, schrecklichen Endes, umblickte. Die Löwin war eine hervorragende Jägerin. Dass sie aus jedem Zweikampf unweigerlich als Siegerin hervorging, verdankte sie nicht nur einem überdurchschnittlich gut entwickelten Spürsinn, Geschicklichkeit, außerordentlicher Sprungkraft und dem vernichtenden Schlag ihrer furchterregenden Tatze. Sie verfügte zudem über eine besondere Art von Intuition, die sie noch nie getrogen hatte.

Und so kam es, dass die Löwin sechs bis sieben Schritte, bevor sie sich in ein Bündel elastischer Muskeln verwandelt und schließlich mit gewaltiger Schnellkraft zum Sprung angesetzt hätte, plötzlich noch jemandes Anwesenheit bemerkte. Es war ein Feind, genauer gesagt, ein Rivale, und ein gefährlicher dazu, der ihr die Beute streitig machte. Eine jähe Wut erfasste die ambitionierte Jägerin, und sie erkannte, wo er sich befand und wo sein Kopf war, den sie zuerst zerschmettern musste, bevor sie sich als unsichtbarer Schatten dem süßen Geruch des Bluts entgegenstürzen würde. Also versetzte die lautlose Löwin Fjodor mit ihrer furchtbaren Tatze einen mächtigen Schlag auf den Kopf.

Es war Fjodors Rettung, dass der Schlag das Nachtsichtgerät traf, so dass er nur für wenige Sekunden das Bewusstsein verlor. Als er wieder zu sich kam, vernahm Fjodor mit Grauen Shannas entsetzliche Schreie, erfüllt von unerträglichem physischem Schmerz, sowie das schreckliche Brüllen der Löwin. Das Nachtsichtgerät war nirgends zu finden, was die Lage noch verzweifelter machte. Entsetzt ertastete Fjodor den neben ihm liegenden Karabiner und begann blindlings in die finstere Nacht hinauszuschießen.

Als er das gesamte Magazin leer gefeuert hatte, bemerkte Fjodor, dass kein einziger Laut mehr zu hören war.

Mit ausgestreckten Armen tastend erreichte er stolpernd und fallend jenen furchtbaren Baum. Shanna war noch immer daran gefesselt. Ihr ganzer Körper war von etwas Klebrigem bedeckt. »Blut«, erkannte Fjodor verwirrt. Er legte sein Ohr an ihre Brust, suchte mit dem Finger nach einem Puls am Hals – doch vergebens. Shannas Herz hatte aufgehört zu schlagen. »Shanna!«, schrie Fjodor entsetzt, »Shanna!« Doch Shanna war tot.

Den Rest der Nacht verbrachte er ohne Schlaf, zu Füßen des Baumes hingestreckt, sein unbarmherziges Schicksal verfluchend ...

Schließlich dämmerte es, und Fjodor konnte endlich den von der Löwin entstellten Körper Shannas genauer betrachten. Falls ihn die eine oder andere verirrte Kugel getroffen hatte, so hatte die Ärmste das sicher nicht mehr gespürt. »Wenigstens das lastet nicht auf mir«, dachte Fjodor erschöpft.

Die weiteren Ereignisse entwickelten sich nach dem üblichen, langweiligen Schema. Die Wildhüter bekamen für ihr Schweigen je eintausend Dollar, was nach afrikanischen Maßstäben ein sehr gutes Honorar für derlei Dienstleistungen ist. Auch in Moskau erfuhr man nichts von der Tragödie, die sich in der Savanne abgespielt hatte, denn Shanna war inkognito nach Sun City geflogen, also mit fremdem, oder besser gesagt, falschem Pass. All dies hatte Fjodor so eingerichtet, um das unverheiratete Mädchen durch eine derart intime Reise nicht zu kompromittieren.

Somit verschwand Shanna völlig spurlos, nicht einmal eine kurze Mitteilung bezüglich ihrer Absichten hatte sie den verwirrten Eltern zurückgelassen. Wie man weiß, haben in der Geschichte der Menschheit schon viele so gehandelt. Der Schriftsteller Salinger zum Beispiel, der sich dem Zen-Buddhismus zuwandte, oder der Möchtegern-Anthropologe Castañeda, der auf den Pfaden der indianischen Magie ins Unbekannte verschwand. Und so lässt sich auch erklären, warum der Name Shanna in bestimmten Kreisen der russischen Hauptstadt mit einer gewissen romantischen Aura behaftet ist.

Ob Fjodor nach seiner Ankunft in Moskau litt, ob ihn Gewissensbisse plagten? Darüber sind uns keine konkreten Angaben bekannt. Doch wissen wir sehr wohl, dass diese schicksalhafte Jagd ihn verbittert hatte.

Der eine oder andere mag sich in oberflächlicher und egoistischer Weise fragen: »Was interessiert es uns, die wir selbst ständig Ärger und Stress haben, wie der sich fühlt?« Dem ist entschieden zu widersprechen. Jedem einfachen Menschen gegenüber wäre solche Gleichgültigkeit noch verzeihlich. Wenn es jedoch um die Mächtigen dieser Welt geht, so ist das für uns keine Kleinigkeit, denn die schlechte Stimmung eines Menschen, der sich auf dem Olymp befindet, kann eine Lawine auslösen, deren Konsequenzen wir alle zu tragen haben, die wir uns am Fuße jenes bis weit in die Wolken hinaufragenden Berges befinden.

Und unglücklicherweise setzte sich genau dieser Mechanismus in Bewegung, als der am Mittwoch nach Moskau zurückgekehrte Fjodor am Donnerstag bitteren Herzens seine Bank betrat. Am Ende fiel der Kurs des Rubels um mehr als tausend Punkte. Diese Inflationslawine sollte in Finanzkreisen den Namen Schwarzer Donnerstag bekommen. Wie gesagt, mit dem Wort *schwarz* ist hier der Schwarze Kontinent gemeint, nicht etwa ein schwarzer Tag. Für die Finanzwelt war dieser Tag nämlich *rot*, sehr *rot*.

Die Insel der Freiheit und des Glücks

Die überwiegende Mehrheit sehr reicher Menschen hat eine extrem schwammige Vorstellung davon, wozu sie eigentlich reich sind. Das heißt, wozu haben sie ihre vielen Millionen Dollar verdient? Wofür? Manchmal, wenn du für kurze Zeit den Glauben an die Vernunft der Gattung Mensch verlierst, entsteht der misanthropische Eindruck, dass sie all diese vielen Millionen Dollar nur deshalb verdienen, um sie zu haben.

Natürlich wird Ihnen so jemand versichern, dass er all diese vielen Millionen Dollar braucht, um sich frei und unabhängig zu fühlen. Was jedoch kaum stimmen dürfte, denn all diese vielen Millionen verdienter Dollar verlangen von einem Menschen ständige Sorge um sie, ständiges Nachdenken über sie und andere geistige Belastungen, die mit Freiheit nicht das Geringste zu tun haben. Jemand anderer wird sagen, dass er all diese vielen Millionen oder gar Milliarden Dollar braucht, um Macht über die Einwohner einer Stadt, eines Gebiets oder des ganzen Landes zu erlangen. Doch auch das ist keine Antwort, denn einer, der seine ersten hundert Dollar verdient, wird nicht einmal davon träumen, dereinst Bürgermeister einer Stadt zu werden und nach Lust und Laune über das Schicksal jedes einzelnen Menschen zu verfügen, indem er ausgewählte Opfer von der Miliz oder der Steuerpolizei heimsuchen lässt. Der Drang zur Macht zeigt sich erst später, wenn er bereits mindestens zwei Millionen Dollar in der Tasche hat. Somit zeigt sich erneut, dass die aufwändigste Arbeit, nämlich die Ansammlung erster Ersparnisse, völlig ohne Ziel verläuft. Genauer, mit dem einzigen Ziel, so viele Millionen Dollar wie möglich zu verdienen.

Doch es gibt einzelne Glückspilze, die in dem Moment, da sie sich in einem morschen Nachen auf die stürmische See des Unternehmertums hinauswagen, bereits ein ganz konkretes Anlageziel für ihr zukünftiges Kapital vor Augen haben. Sie wissen genau, um welcher Sache willen sie das Risiko eingehen, von bezahlten Killern erschossen oder von käuflichen Richtern und Staatsanwälten irgendwo ins Gefängnis gesperrt zu werden.

Zu diesen bewusst denkenden Menschen gehört auch Jewgeni, den wir aus Gründen, die sich in der folgenden Erzählung erschließen, John nennen werden.

John kam Mitte der sechziger Jahre in einem kleinen Provinzstädtchen zur Welt, das sowohl von Gott als auch von der Sowjetmacht verlassen worden war. Der letzteren ging es damals weniger um Menschen, die in undurchdringlicher Einöde dahinvegetierten, als um die Eroberung des Kosmos und die Vergrößerung landwirtschaftlicher Betriebe. Johns erste Kindheitserinnerungen waren lange, trostlose Schlangen, die um Brot anstanden, und flotte Melodien, die bei irgendeinem wichtigen staatlichen Anlass fröhlich aus den Lautsprechern tönten. Die Schule besuchte der für sein Alter ungewöhnlich ernste Junge anfangs gern, denn im Unterricht konnte er etwas über die Struktur des menschlichen Lebens und den fernen Kosmos erfahren, den man zu Beginn der siebziger Jahre noch lange nicht erobert hatte. Doch schon recht bald langweilte ihn dort der einförmige Trott. Unbewusst begann der kleine John gegen den Mangel an Freiheit aufzubegehren. Natürlich hatte er noch keine deutliche Vorstellung davon, was Freiheit ist, welche Formen sie annehmen kann und welche Verantwortung sie den Menschen auferlegt, die in den Genuss ihrer Segnungen kommen. Und es war auch völlig unmöglich, dies herauszufinden, denn im Umkreis von einigen Tausend Kilometern existierte keinerlei Freiheit, so dass die Möglichkeit, auf empirischem Wege ihre Bekanntschaft zu machen, ausgeschlossen war.

Doch in der siebten Klasse beschaffte sich John unter Wahrung größtmöglicher Geheimhaltung die Juniausgabe der Zeitschrift ›Amerika‹ aus dem Jahre 1956. Und sogleich offenbarte sich ihm die Wahrheit: Der Mensch kann nur in einem Land frei sein, das selbst frei ist, einem Land wie den Vereinigten Staaten von Amerika. In diesem Augenblick trat die Erleuchtung ein, und es erschien ein konkretes Lebensziel: in Amerika zu leben. Mit Begeisterung begann John Englisch zu lernen, studierte die Geschichte des geliebten Landes und die Bräuche seiner Einwohner. Obgleich dies nicht einfach war, denn es fehlte an zuverlässigen Informationen. Die Bücher, die ihm in die Hände fielen, waren von ihren Autoren in extrem tendenziöser und missbilligender Weise geschrieben worden, so wie es die sowjetische Ideologie verlangte. Doch der junge John fand einen Ausweg aus dieser scheinbar ausweglosen Lage. Er begann die Bücher über Amerika »umgekehrt« zu lesen, das heißt jeden Satz so zu verdrehen, dass genau der gegenteilige Sinn herauskam. So stand zum Beispiel in einem Buch: »In Amerika rauben wenige Millionäre schamlos die einfachen Arbeiter aus, die für einen Hungerlohn völlig unzumutbare Arbeit leisten.« John übersetzte diese Lüge wie folgt: »In Amerika zahlen viele Millionäre den einfachen Arbeitern für leichte Arbeit gutes Geld.«

Ein Jahr später wusste er schon sehr viel über Amerika: über den hohen Lebensstandard, das Fehlen von Rassenproblemen und Kriminalität, das fröhliche und sorglose Leben der Prostituierten, Rock 'n' Roll, Striptease, Banken, Dollars und das prosperierende Leben der Indianer in den Reservaten …

Schließlich hatte John, den man damals noch Shenja nannte, so viel gelesen und nachgedacht, dass er auf die Beitrittsaufforderung eines Komsomol-Organisators völlig reflexartig entgegnete: »Ach, schiebt euch euren Komsomol doch in den Arsch!« Der Organisator erbleichte und blickte sich ängstlich um. Glücklicherweise war niemand in der Nähe, und in der Toilette, wo das Gespräch stattfand, waren keine Abhörgeräte installiert. Und so holte er John mit hastigen, sich überstürzenden Worten aus den luftigen Höhen der Träume auf den harten Boden zurück: »Sag mal, bist du verrückt? Hör bloß auf damit! Ich werde dich nicht verpfeifen, aber sei bei den anderen ja vorsichtig. Willst du etwa in den GULAG, in die Uranbergwerke? Die kommen dich nachts mit der grünen Minna holen, und dann bist du im Nu verratzt! Zuerst schlägt der Untersuchungsführer dir alle Knochen zu Brei, und dann brummen dir die drei Donnergötter auch noch den 58er auf: zehn Jahre ohne Briefkontakt! Weißt du, was das ist? Das ist die Höchststrafe, die stellen dich an die Wand und verpassen dir den Genickschuss! Komm zu dir, Mann, sieh dich vor!«*

John bekam es mit der Angst. Tatsächlich herrschten damals kannibalische Zeiten. Menschen wurden ergriffen und ohne Ermittlung und Gerichtsverhandlung eingelocht, wenn sie nur ein paar Weizenähren vom Feld mitnahmen, einen politischen Witz machten, ja sogar nur in einer Bemerkung andeuteten, dass in der Sowjetunion nicht immer alles perfekt und man nicht immer glücklich war.**

Der Junge begann sich vorsichtiger zu verhalten. Zugleich transformierte sich sein Traum vom Leben in Amerika ein wenig und nahm endgültige Formen an. Von ebendiesem Traum besessen, begann John viele Jahre später, als es erlaubt war, seine erste Million Dollar zu verdienen. Er hatte beschlossen, sein Amerika um jeden Preis in Sibirien, auf dem Gelände irgendeines verlassenen Straflagers, aufzubauen. Was nicht nur klug war, sondern auch romantisch: Die Unfreiheit wurde von der Freiheit in den Staub getreten, und an einem Ort des Leidens unschuldiger Menschen wurde keine traurige Gedenkstätte, sondern ein Reich der Freiheit und des bewussten Lebens errichtet. Dazu musste man jedoch, so dachte John damals, zunächst

* Der repressive Mechanismus, von dem der Organisator John berichtet, existierte in der Sowjetunion in den 30er bis 50er Jahren des 20. Jahrhunderts, also lange vor der Geburt sowohl des Erzählers als auch seines Zuhörers, und wurde danach auf Beschluss des XX. Parteikongresses der KPdSU abgeschafft. Der hier vorliegende zeitliche Irrtum lässt sich dadurch erklären, dass der Organisator entweder aufgrund der unerhörten Kritik an der sowjetischen Jugendorganisation in starke Aufregung geriet oder drogenabhängig war.

** Auch dies ein historischer Irrtum, der sich aus unerfindlichen Gründen in das Bewusstsein des Autors eingeschlichen hat.

eine Revolution machen, damit man die Dreckskerle von der KPdSU zum Teufel schicken konnte.

Doch das übernahm dann schon die KPdSU selbst, als sie von ihren eigenen inneren Reserven liquidiert wurde. Es war alles ganz einfach: Innerhalb der Partei beschlossen einflussreiche Leute, sich von verstaubten Dogmen zu verabschieden, damit diese ihrer unbegrenzten Bereicherung nicht mehr im Wege standen. Somit lief auch ohne Johns Beteiligung alles nach Plan.

Und sobald es möglich wurde, begann John, nun bereits ein energischer, 22-jähriger junger Mann mit einem geheimen Traum, viele Millionen Dollar zu verdienen, um diesen zu realisieren. Nach einem halben Jahr hatte er bereits einhunderttausend Dollar beisammen. Nach einem Jahr eineinhalb Millionen Dollar. Nach zwei Jahren acht Millionen Dollar. Nach drei Jahren sechsunddreißig Millionen Dollar. Nach vier Jahren einhundertundachtzig Millionen Dollar. Nach fünf Jahren – leider – nur mehr fünfundfünfzig Millionen Dollar. Nach sechs Jahren dafür vierhundertundachtzig Millionen Dollar. Und nach sieben Jahren eine Milliarde sechshundertundvierzig Millionen Dollar. Bei dieser Zahl hörte John auf und machte sich an die unmittelbare Realisierung seiner Idee.

Auf diesem – schwierigeren – Weg war sein Handeln, trotz fehlender Hochschulbildung, dank der enormen Lebenserfahrung, über die er mit neunundzwanzig Jahren bereits verfügte, zugleich von Weisheit und Feingefühl geprägt. Für den Anfang beauftragte er eine Gruppe von Soziologen, ein soziales Modell »Amerikas« zu erstellen, das einem kleinen, gemäßigt konservativen Städtchen der Westküste entsprach und zu einer möglichst stabilen und autonomen Existenz fähig sein sollte. Die Soziologen definierten dabei nicht nur die optimale Einwohnerzahl, sondern beschrieben zudem exakt die Parameter jedes einzelnen Menschen: Alter, IQ, Charakter, Bildung, Hobbys, Gesundheit, Beruf, weitere Fertigkeiten und Kenntnisse, moralische Eigenschaften, Temperament, äußere Merkmale, Neigung zu Drogen- und Alkoholkonsum, Toleranzgrad, politische Einstellung usw. Damit war die erste Phase der Vorbereitung abgeschlossen.

In der zweiten Phase musste jeder Einzelne der fünfhundertsechsunddreißig Einwohner des Städtchens ausgesucht werden. Dazu wurde in einer beliebten Zeitung folgende Anzeige geschaltet:

> Achtung! Die Initiativgruppe »Russisches Amerika« sucht Freiwillige für die Teilnahme am Aufbau eines Freiheitsparks nach dem Vorbild einer kleinen und gemütlichen, in Glück und Wohlstand lebenden kalifornischen Stadt. Neuansiedler erhalten kostenlosen Wohnraum und notwendiges Startkapital! Alter und Bildung spielen keine Rolle. Voraussetzung: perfekte Beherrschung des Englischen. Vorstellungsgespräche täglich von 11:00 bis 19:00 Uhr in ...

Es folgte eine völlig nichtssagende Adresse.

Seltsamerweise antworteten sofort sehr viele Menschen auf diese Anzeige. Zumindest aus heutiger Sicht mag das seltsam erscheinen. Damals jedoch, als Finanzpyramiden, falsche Investitionsgesellschaften und kurzfristige Staatsanleihen die romantische Stimmung im Volk noch nicht verdorben hatten, war überhaupt nichts Seltsames daran. Die Menschen glaubten an Wunder. Und manchmal tauchten einzelne Personen auf, solche wie John, die ihnen selbstlos ein solches Wunder schenkten.

Nachdem die Soziologen die nötigen Tests erstellt und Tausende ausgefüllter Fragebogen ausgewertet hatten, brauchten sie noch einige Zeit, bis alle Individuen ausgewählt waren, die in ihrer Gesamtheit die monolithische Bevölkerung dieser Stadt der Zukunft darstellen sollten. Besonders lange brauchten sie, bis sie drei nicht mehr ganz junge Säufer mit geringem Intelligenzquotienten und schlechtem Bildungsstand gefunden hatten, die sich frei auf Englisch verständigen konnten.

Phase drei war die einfachste. John holte Informationen darüber ein, wo sich in früheren Jahren jetzt verlassene Lager für politische Häftlinge befunden hatten. Sechs oder sieben bereits abgeschriebene Lagerareale nahm er in Augenschein, schließlich fiel seine Wahl auf das achte. Der Ort war einfach wunderbar, sowohl in Bezug auf die Schönheit und Großartigkeit der Natur als auch aus geodätischer, kartographischer, landschaftsarchitektonischer, geologischer und ökologischer Sicht, und schließlich, weil er von einem der korruptesten Exekutivorgane in ganz Sibirien verwaltet wurde. Die kleinen Lokalfürsten, die das unermessliche Territorium kaum effektiv regierten, überhäufte John mit Gold – zumindest sie empfanden es so – und hatte schon bald darauf die notwendigen Dokumente beisammen, um eine Art genossenschaftlicher Parkanlage zu gründen.

Nach einem halben Jahr war mitten in Sibirien eine wunderschöne Stadt, fünf Meilen lang und drei Meilen breit, aus dem Boden gewachsen. Es gab dort alles, was zu einem glücklichen und praktischen autarken Leben dazugehörte: ein Rathaus, ein Polizeirevier, ein Gericht, ein Krankenhaus, ein College, eine Bäckerei, eine Apotheke, ein paar Geschäfte, drei Restaurants, fünf Imbissstuben, ein Kino, eine Diskothek, eine Anwaltskanzlei, eine Bank, ein Spielkasino, eine Bibliothek, eine Kirche, eine Bestattungsfirma sowie weitere für den Sieg der wahren Demokratie unentbehrliche Einrichtungen. In einiger Entfernung hatte man eine Farm mit den verschiedensten Wirtschaftsgebäuden angelegt.

Eigentlich müsste man nun lang und ausführlich beschreiben, wie die Häuser der Stadtbewohner eingerichtet waren. Wir wollen uns jedoch mit einer indirekten, dafür aber allumfassenden Aussage begnügen: In jedem der zweigeschossigen Häuser gab es alles, was man zum Leben brauchte, einschließlich eines Satellitenkanals für den Internet-Anschluss und den Empfang amerikanischer Fernsehprogramme, damit die Einwohner der Stadt mit der Heimat in Verbindung blieben.

Bald begannen sich die begeisterten neuen Amerikaner auf dieser Insel der Freiheit und des Glücks, die ihnen die Verfassung der Vereinigten Staaten von Amerika geschenkt hatte, einzuleben. Denn auf dem Gebiet von Libertytown – so hatte man die Stadt getauft – galten die Gesetze des Staats Kalifornien sowie die amerikanische Verfassung einschließlich all ihrer zahlreichen Zusätze. Jeder, der sich aus der Unterjochung durch das Reich des Bösen* befreit hatte, bekam von John nicht nur eine Wohnung und ein Auto, sondern auch zwanzigtausend Dollar Startkapital.

* In den Zeiten des Kalten Krieges war dies in der gesamten zivilisierten Welt eine Bezeichnung für die Sowjetunion.

Nur diese Währung war in Libertytown in Umlauf. Die Fachkräfte – die Bauern, die Ärzte, der Bäcker, die Bibliothekarin, der Pfarrer und die Lehrer – wurden zudem mit allem notwendigen Inventar und den wichtigsten Gerätschaften ausgestattet.

Da die Wissenschaftler die soziale Struktur der Stadt gewissenhaft entworfen hatten, lief zunächst alles wie geschmiert. Ein jeder begann mit großem Eifer den heiß geliebten Beruf auszuüben, und alle gemeinsam versuchten das stabile und erfolgreiche Leben der Stadt aufrechtzuerhalten. Sogar die drei Säufer wurden von der allgemeinen Begeisterung erfasst und bemühten sich redlich, indem sie augenblicklich ihr gesamtes Bargeld versoffen und verprassten und danach von Sozialhilfe lebten.

Es wurde ein Richter gewählt, der wachsamen Auges über den Vollzug der Gesetze wachte, und ein Sheriff, der gemeinsam mit fünf Polizisten in idealer Weise für Recht und Ordnung sorgte. Zum Bürgermeister wählte man natürlich John. Nicht nur aus Dankbarkeit für die unverdienten Geschenke, sondern weil man seine Weisheit und Weitsicht zu würdigen wusste. Dieses Amt verlangte keine allzu großen Anstrengungen. Da die neue, von amerikanischen Gesetzen reglementierte Lebensform außerordentlich stabil war, genügte es völlig, dass John sich bei Baseballspielen, beim Rodeo und bei Hochzeiten blicken ließ, um seine enge Verbundenheit mit dem Volk und sein Interesse am Allgemeinwohl zu bekunden. Hauptsache, es wurde deutlich, dass der Bürgermeister auf seinem hohen Posten kein arrogantes Stinktier geworden war.

Natürlich gab es manchmal Probleme. Zum Beispiel mit dem freien Waffenbesitz, der schließlich zu einer Massenschießerei in »Mary's Restaurant« führte, bei der drei Mitbürger getötet wurden. Der Sheriff hatte jedoch die Lage im Griff und statuierte an den Anstiftern ein Exempel. Seine originelle Strafe, die im Wesentlichen auf dem Prinzip kommunizierender Röhren beruhte, war allen eine eindrucksvolle Lehre.

Als Nächstes stellte der Apotheker die demokratischen Werte auf den Prüfstand, als er eines schönen Tages beschloss, seine Monopolstellung gnadenlos auszunutzen. Ohne sich lange mit mathematischen Berechnungen aufzuhalten, malte er einfach auf jedes Preisschild noch eine Null dazu. Die Städter reagierten ungehalten. John forderte vom Richter, in der Gesetzessammlung einen passenden Paragraphen zu finden, mit dessen Hilfe man den ausgeflippten Schweinehund auf den Boden der Tatsachen zurückholen konnte. Doch waren sowohl die Bundesverfassung samt all ihren Änderungen als auch die kalifornischen Gesetze machtlos gegenüber solcher Willkür. Der Apotheker triumphierte.

Aber am Ende war es ein Pyrrhussieg, und den schlagenden Beweis dafür erbrachte der Inhaber der Autowerkstatt. Dieser hatte nach der unglücklichen Schießerei im »Mary's« lange im Krankenhaus gelegen und dafür bereits eine runde Summe hinblättern müssen. Als er sich dann zu Hause auskurieren sollte, beschloss der Apotheker, die hilflose Lage des Automechanikers auszunutzen, und erhöhte die Preise der von jenem benötigten Medikamente erneut auf das Zehnfache. Die Nachbehandlung trieb den Mechaniker in den Ruin. Er versuchte bei der Bank einen Kredit aufzunehmen, den man ihm jedoch verweigerte, da er geschäftlich unmöglich reüssieren konnte: Die Automobile der Stadt waren nagelneu und mussten daher noch nicht repariert werden. Die Amerikaner setzen in solchen Fällen ihrem Leben durch Selbstmord ein Ende. Und genau das tat auch der Automechaniker. Zuvor feuerte er jedoch die gesamte Trommel seiner Smith & Wesson auf den Apotheker ab – nur die letzte Patrone behielt er für sich selbst. Auf diese Weise entstand in Libertytown ein optimaler Mechanismus der Preisregulierung.

Nachdem sich die Wirtschaft der Stadt gefestigt hatte, kam es zu politischen Wirren. Völlig unvermittelt machten sich die Republikaner über die Demokraten her, die ihre Befähigung zur Macht eindrücklich unter Beweis gestellt hatten. Der republikanische Anführer Charlie, ein Schönredner und Quatschkopf, sorgte als Erster für schlechte Stimmung. Jede Woche ließ er im *Morning Star* absurde Artikel abdrucken, in denen er den Bürgermeister als völlig untragbar hinstellte. Angeblich habe er die Unternehmer mit seinen Steuern im Würgegriff, sei unter ihm die Moral in der Stadt auf kritische Werte abgesunken, er rauche heimlich Marihuana, schon zwölf Schülerinnen hätten ein Kind von ihm abgetrieben und in der Kirche habe man ihn noch kein einziges Mal gesehen.

Die Motive für dieses Verhalten lagen auf der Hand: Charlie und seine Bande wollten selbst das Rathaus erobern, um so ein unbeschwertes Leben auf Kosten des Stadtsäckels führen zu können. Und mit der Zeit konstruierte er derart vernichtendes Belastungsmaterial zusammen, dass die Städter ins Grübeln gerieten. Am Ende begab sich der Richter auf die Suche nach einem Gesetz, das die sofortige Durchführung von Bürgermeisterwahlen erlaubte, obwohl John den Posten erst seit eineinhalb Jahren innehatte. Und tatsächlich fand sich ein solches Gesetz. Im Jahre 1801 hatte die gesetzgebende Versammlung von Kalifornien den sogenannten »Zweihundert-Pfund-Zusatz« verabschiedet. Dieser Zusatz, den bis dato noch niemand annulliert hatte, besagte, dass die Einwohner einer Stadt den Bürgermeister vor Ablauf der vierjährigen Amtszeit neu wählen durften, wenn der amtierende Bürgermeister weniger als zweihundert Pfund wog.

Natürlich hätte man die Leute, die dieses Gesetz verabschiedet hatten und schon lange nicht mehr lebten, als Vollidioten bezeichnen können. Was John auch tat. Man hätte davon ausgehen können, dass zu Beginn des 19. Jahrhunderts in Kalifornien seltsame Sitten geherrscht hatten, die dem gesunden Menschenverstand widersprachen. Man hätte versuchen können, die damalige Logik zu begreifen. Doch es nutzte alles nichts: Das Gesetz existierte, und man konnte es weder umgehen noch umfahren. John beugte sich dem blinden Schicksal, und schier platzend vor Selbstgefälligkeit übernahm Charlie seinen Posten.

Dieser Wechsel war für Libertytown nicht von Vorteil. In der Stadt stieg die Arbeitslosigkeit, die Prostitution blühte prächtig auf, Jugendliche begannen sich in Banden zu organisieren. Schließlich erschienen Drogenhändler auf der Bildfläche, die nicht mit harmlosem Marihuana, sondern mit der Massenvernichtungswaffe Heroin handelten. Der Sheriff hatte die Lage nicht mehr im Griff. Der neue Bürgermeister merkte nicht, dass sich die Enklave unaufhaltsam auf den Abgrund zubewegte.

Und dann trat eine dritte Partei auf den Plan: eine nationalsozialistische, deren Verbot der erste Verfassungszusatz nicht zuließ. Mit dem Versprechen, für Ordnung zu sorgen, brachten die Faschisten die überwiegende Mehrheit der Bürger auf ihre Seite. Die einzige Ausnahme waren circa zehn Juden, die drei Säufer, der Geschichtslehrer und John. Nach einem Monat putschten die Faschisten unter ihrem Führer, besetzten die Schlüsselpositionen und begannen für Ordnung zu sorgen. Zunächst lynchten sie die drei unglückseligen und völlig harmlosen Alkoholiker. Dann nahmen sie sich die kläglichen Reste der Jugendbanden vor, wobei die meisten der Kids schlau genug waren, sich sofort auf die Seite der Nazis zu schlagen. Für dieses Renegatentum gab es überzeugende Gründe: den Kult der Stärke, Straffreiheit und die schöne schwarze Uniform, die auf Frauen geradezu magnetisch wirkte.

Nach einem weiteren Monat herrschte wieder Ordnung. Die Juden, Prostituierten, Bohemiens und Arbeitslosen verdienten ihre tägliche Schüssel Suppe auf den Farmen. Wer einer Sexualstraftat verdächtigt wurde, arbeitete als Straßenkehrer. Die Drogenhändler ruhten neben den Säufern in einem Massengrab. Anstelle der abgeschafften Dollars waren nun Reichsmark im Umlauf, die mit einem Farbdrucker produziert wurden. Es wurde eine Sperrstunde eingeführt, ab der niemand das Haus verlassen durfte. Jede Nacht konnte man vereinzelte Schüsse der Patrouillen hören sowie die hemmungslosen Orgien der Parteispitze in zwei Restaurants, wo es eigens für sie Striptease, Séparées und Ähnliches mehr gab, einschließlich des Intellektuellen-Pulvers Kokain.

Mit Tränen in den Augen betrachtete John diese Hurerei, mit der seine heilige Idee besudelt wurde. Da er wusste, dass er unter den gegebenen Umständen völlig machtlos war, verließ er Libertytown.

Eine Woche nach seiner Rückkehr nach Moskau setzte er sich mit mir in Verbindung und erzählte mir diese ergreifende Geschichte. Den Grund für seinen einstweiligen Misserfolg sieht John nicht in einem Berechnungsfehler der Soziologen, sondern darin, dass es in der Region keine föderalen Sicherheitskräfte gibt. Natürlich nicht russische – mit denen hätte er sich unter keinen Umständen abgegeben –, sondern amerikanische. Diesen Mangel plant er zu beseitigen, worauf das Leben der Stadt, wie er glaubt, unschwer wieder in normale Bahnen gelenkt werden kann.

Derzeit ist er mit der Aufstellung einer Kompanie Berufssoldaten befasst, die nicht nur in der Lage sein sollen, die demokratischen Freiheiten wiederherzustellen, sondern diese anschließend auch vor politischen Abenteurern jeglicher Art zu schützen. Bereits unterzeichnet ist ein Vertrag mit einem Generalmajor, der für die Rekrutierung kampferprobter Soldaten – jeder von ihnen so viel wert wie eine ganze Kompanie gewöhnlicher Fallschirmjäger – sowie die Anschaffung des nötigen Waffenarsenals sorgt.

»Entschuldigen Sie«, rief ich verwundert aus, »haben Sie denn keine Angst, dass die Geschichte völlig anders ausgehen könnte? Generäle neigen doch dazu, Umstürze durchzuführen und Militärdiktaturen auszurufen! Wie wollen Sie sich denn davor schützen?«

»Nein, davor habe ich keine Angst!« John machte eine Pause und inhalierte den Rauch einer Zwanzig-Dollar-Zigarre. Dann kniff er listig die Augen zusammen und fuhr fort: »Etwas Schlimmeres als den Faschismus gibt es nicht. Soll der General doch ein wenig herumballern und auf einem lackierten Jeep die Parade anführen – irgendwann wird er sich schon wieder beruhigen. Er wird einsehen, dass es nicht sein Ding ist, sich die Reithosen in einem Beamtensessel durchzuscheuern. So ist es doch meistens: So einer bereitet den Boden für demokratische Wahlen, und dann gibt er seine Vollmachten ab.«

»Und wenn er es nicht tut?«, hakte ich nach.

»Dann wird ein Embargo gegen ihn verhängt«, sagte John, ohne mit der Wimper zu zucken.

»Ich bitte Sie!«, rief ich mit noch größerer Verwunderung. »Dafür braucht man doch einen Beschluss des UN-Sicherheitsrats! Haben Sie da etwa schon einen eigenen Vertreter?«

»Noch nicht«, entgegnete John noch unerschütterlicher, nippte an seinem Glas, in dem kleine Eisstückchen klirrten, und schlug seine Halbstiefel zusammen, die auf dem Tisch akkurat vor meiner Nase ruhten. »Aber wir werden das anstreben. Unsere Enklave wird für ihre Unabhängigkeit und Selbstbestimmung kämpfen, ohne Rücksicht auf den eigenen Leib, wie die Russen sagen. Wir werden, was immer es auch kostet, eine kleine Insel der Freiheit und des Glücks im riesigen Ozean des russischen Chaos sein! Und dann ist bei uns alles O. K.!«

Familienglück vor dem Ruin

Oleg und Olga liebten sich schon drei Jahre. Sie liebten sich aufrichtig, zärtlich, leidenschaftlich und lebten dabei in wilder Ehe, was für Liebende, die einander völlig vertrauen, nicht die geringste Rolle spielt. Mehr noch: Juristische Fesseln, gleich welcher Art, empfanden sie als Erniedrigung. Aber vielleicht empfanden sie auch gar nichts, dachten überhaupt nicht nach und lebten einfach so vor sich hin, wie es sich für kluge Liebende gehört, denen die Vorurteile aus der Epoche des entwickelten Sozialismus – welche auch immer das sein mögen – völlig abgehen.

Oleg liebte Olga. Olga liebte Oleg. Was wollte man mehr? Besonders wenn man berücksichtigt, dass Oleg reich war, sehr reich. Auch Olga saß nicht nur zu Hause herum, sondern hatte ihr eigenes Geschäft. Und obwohl es nicht ganz so viel Gewinn brachte, bewirkte es, dass Oleg nicht nur Liebe, sondern auch Respekt für Olga empfand. Für sie als Persönlichkeit. Als Persönlichkeit, die sich durchaus selbst verwirklicht hatte und nicht nur – wie man seinerzeit zu schreiben pflegte – bereit war zu heroischen Taten zum Wohle des ... – ja, zu wessen Wohl, das war dem Gedächtnis schon völlig entfallen, denn weit zurück lagen die alten Sowjetzeiten, als man in unserem Land eine so deplatzierte soziale Erscheinung wie die Intelligenzija erfolglos zu fördern versucht hatte.

Nach drei Jahren ungetrübter Zweisamkeit begriff Oleg, der sich sowohl im Leben als auch in der weiblichen Psychologie gut auskannte, dass ihnen eine gefährliche Phase bevorstand, während der er nicht nur sein Glück, sondern sogar Olga selbst verlieren konnte. Denn drei Jahre sind ein Viertel eines Zwölfjahreszyklus, und nach jedem Viertel erneuert sich etwa die Hälfte aller Vorstellungen eines Menschen über den Sinn seiner Existenz in dieser Welt. Und in solchen Momenten halber Umbrüche neigen die Menschen viel eher und unüberlegter dazu, den Kopf zu verlieren, als in Zeiten allgemeiner Erschütterungen.

Also beschloss Oleg, sich selbst, Olga und ihr gemeinsames Glück vor unerwünschten Zufällen abzusichern. Dazu ließ er seinen überaus erfahrenen Sicherheitsdienst Mikrofonsender von großer Reichweite in einige Accessoires seiner Frau einbauen. Nur ein einziger Mensch war berechtigt, die unerwünschten Kontakte des Zielobjekts abzuhören und aufzuzeichnen – jemand, vor dem Oleg keine Geheimnisse haben konnte: sein Sicherheitschef Konstantin, ein ehemaliger FSB-Major.

Dabei wurden keine genaueren Anweisungen erteilt als: »Mein Glück liegt in deinen Händen.« Sowohl der Major als auch Oleg wussten genau: Zufällige Verbindungen – in Olgas Position aufgrund ihres emotionalen und offenherzigen Wesens unausweichlich – waren zu vernachlässigen. Weder von einem unschuldigen Flirt noch von leidenschaftlichem Stöhnen sollte dem Hausherrn berichtet werden. Und natürlich durfte man ihn solches unter keinen Umständen anhören lassen, um ihm unnötigen seelischen Schmerz zu ersparen. Oleg fand, all das gehöre zu dem legalen Anrecht seiner Frau auf ein Leben außerhalb der

Familie, auf kleine Freuden nach einem anstrengenden Arbeitstag, die die Seele nur erfrischen, ohne in ihr die geringste Spur zu hinterlassen. Allein im Falle der Untreue war Vorsicht angebracht. Das heißt, in einer Situation, in der Oleg Olga weniger bedeuten würde als ein anderer Mann.

Ziemlich lange, fast ein Jahr lang, fiel Konstantin an Olgas Verhalten nichts Ungebührliches auf, das ihn veranlasst hätte, Oleg zu behelligen. Nach wie vor lebten sie glücklich und liebten einander nach einem Zyklus, von dem stets nur zwei Menschen wissen, bald zärtlich, bald leidenschaftlich. Natürlich gab es auch kleine Sünden außer Haus. Doch »wer von euch ohne Sünde ist, der kastriere mich als Erster!«, rief der Major a. D. im Geiste aus – auch er war in seiner Jugend kein Kind von Traurigkeit gewesen –, während er dem gewohnten Gesang lauschte, der das Fest zweier Körper verkündete. Was es nicht gab, war Gruppensex. Obwohl der Major als großzügig denkender Mensch auch in diesem Fall nicht Alarm geschlagen hätte. Er wusste genau, dass Hochtechnologie, moderne Kunst und neue gentechnische Möglichkeiten sich zwangsläufig auf den Geschmack der jungen Leute auswirken und die Grenzen des allgemein Zulässigen erweitern mussten.

Diese liberale Einstellung des Majors hatte geradezu fatale Auswirkungen auf das Schicksal des glücklichen Paars. Konstantin versäumte nämlich den Augenblick, bis zu dem man noch leicht alles hätte zurechtbiegen können. Die Sache war inzwischen so weit gediehen, dass es radikaler und ziemlich grausamer Maßnahmen bedurfte, um die Situation zu retten.

Olga bekam eine neue Teilhaberin, und schon bald kamen sich die beiden Frauen näher, was der Major fast einen Monat lang als Suche nach unbekannten Empfindungen, Tollheit und Neugier qualifizierte, ausgelöst von einer ganzen Armee von Stylisten, Schauspielern, hippen Theaterregisseuren und – wie er sie nannte – »virtuellen Postmodernisten«. Zu Anfang konnte er anhand der Geräusche überhaupt nicht erkennen, was sie denn da trieben in der Wohnung von Rosa – so hieß Olgas neue Freundin. Ein Minimum bedeutungsloser Worte, irgendein unnatürliches Lachen, tiefe Seufzer, langes Schweigen, begleitet von gedämpftem Rascheln, und ein Schmatzen, wie wenn Kinder Eis am Stiel schlecken ... Probierten sie Unterwäsche an, spielten sie mit ihren Kosmetika herum, oder war das irgendein Partner-Shaping? Keine Ahnung.

Schließlich beschloss der Major, sich diese Rosa einmal anzuschauen. Und sofort wurde ihm alles klar. Ein hochgewachsener, gut gebauter »Kerl« war das, den leider die falschen Hormone quälten. Kurzer Haarschnitt. Die Schultern noch breiter, als es Mode war – man stopfte sich derzeit ja so allerlei Zeug in die Jacken. Ausgezupfte Oberlippe. Provozierender Blick. Aggressives Make-up. Natürlich in Hosen, denn sie benutzte kein Epiliergerät.

»Der geht's zu gut«, ordnete Konstantin Olgas außereheliches Verhältnis ein und beließ es dabei. Doch da täuschte er sich. Denn nach einer Woche begannen die Liebhaberinnen jedes Mal, sobald sie ihre Begierde aneinander gestillt hatten, über Oleg herzuziehen. Sie nannten ihn stinkenden Bock, Bestie, Knauser, Egoist, seelenlosen Holzklotz und noch vieles mehr. Selbst das machte auf den Hüter des Familienglücks keinen großen Eindruck. Aufgrund einer gewissen Engstirnigkeit, die allen Menschen mit traditionellen Sexualgewohnheiten zu Eigen ist, war es für ihn völlig ausgeschlossen, dass es Rosa gelingen könnte, Oleg aus Olgas Herzen zu verdrängen. Er konnte sich das einfach nicht vorstellen.

Unterdessen entbrannte das Feuer immer stärker und stärker. Und plötzlich begannen Rosa und Olga einen verräterischen Plan zu diskutieren. Dieser sah vor: a) Oleg zehn Millionen auf Olgas Konto überweisen zu lassen und b) ihn durch einen angeheuerten Killer zu beseitigen. Danach wollten die beiden für immer als lesbische Familie zusammenleben. Zehn Milliönchen und ihr gemeinsames Geschäft würden schon bis ans Ende ihrer glücklichen Tage reichen.

Diese Aufzeichnung brachte der Major zu Oleg. Der hörte sie sich an und war wie gelähmt. Eine solche Überraschung hatte er nun wirklich nicht erwartet, konnte er gar nicht. Eine Lesbe hatte ihm den Rang abgelaufen!

Doch schnell waren die Emotionen verflogen. Oleg und Konstantin begannen zu überlegen, wie man aus dieser monströsen Situation herauskommen konnte, ohne Olga zu verlieren. Genauer: wie man ihre Liebe zurückgewann. Denn es war Oleg zuwider, Gefühle mit Gewalt zu erzwingen. Er konnte sie doch nicht einfach an die Kette legen und vorher noch dieses Dreckstück Rosa kaltmachen!

Allmählich entstand ein sicherer Plan, an dem sie ziemlich lange herumfeilten, um auch die kleinsten Einzelheiten zu berücksichtigen und sämtliche Unwägbarkeiten vorauszusehen.

Nach einer Woche bat Olga Oleg tatsächlich, zehn Millionen Dollar auf ihr Konto zu überweisen. Als Begründung führte sie völlig irrsinnige Befürchtungen an, etwa:

»Wenn dich deine Konkurrenten kaltmachen, bleibt mir nichts, womit ich ein Denkmal für dich finanzieren könnte. Ganz zu schweigen von meiner eigenen Zukunft.« Das war nun absolut lächerlich, denn wenn hier einer irgendwen umlegte, so war das Oleg selbst dank seiner Beziehungen, seiner Macht und Intelligenz. Mitunter kam ihm sogar der Gedanke, ob er den Markt nicht allein beherrschen sollte. Doch verwarf er ihn jedes Mal entrüstet, denn er wusste, dass Monopolisten ein trauriges Ende nehmen ... Kurz, Oleg überwies das Geld, ohne mit der Wimper zu zucken, und billigte sogar noch ausdrücklich die kluge Entscheidung seiner Frau.

Dann warteten sie auf den Killer. Auf was für einen, war unklar, denn den Auftrag hatte offenbar Rosa erteilt. Olegs Sicherheitsleuten würde er aber kaum irgendwelche Probleme bereiten. Denn selbst mit zehn Millionen waren die Damen nicht betucht genug, um sich einen erstklassigen Profi leisten zu können.

Und nach zehn Tagen ließ sich tatsächlich irgendein Stümper blicken, den man sogleich schnappte. Man nahm ihm seine auf Kampfmunition umgestellte Gaspistole ab und gab ihm ordentlich was auf die Fresse. Am Abend erzählte Oleg Olga von dem missglückten Anschlag und lobte sie für ihre weise Voraussicht; es könne ihm offenbar wirklich alles Mögliche passieren. Olga erbleichte. Oleg, der über hervorragende schauspielerische Fähigkeiten verfügte (ohne die im Geschäftsleben keine Erfolge zu erzielen sind), begann seine Gattin zu beruhigen und rühmte seine Bodyguards sowie sein Talent, die Entwicklung der Ereignisse vorauszusehen.

In dieser Nacht hatten sie keinen Sex.

Im Folgenden wurde Teil zwei des Plans in Gang gesetzt. Konstantin setzte einen ebenso hirnlosen und tolpatschigen Killer auf Olga an. Jedoch nicht, um sie zu töten. Der Anschlag allein genügte, vielleicht ein paar Schüsse in die Decke oder den Boden. Dem angeheuerten Idioten teilte man jedoch nichts davon mit, damit es natürlicher aussah. Konstantins Jungs würden seine Aktionen schon entsprechend korrigieren. Konstantins Rolle beschränkte sich dabei darauf, einen Killer zu finden und entsprechende Informationen über ihn einzuholen. Die Verhandlungen mit ihm führte die Frau eines seiner Bodyguards, und zwar verkleidet und maskiert als Rosa.

Es folgte langes, angespanntes Warten. Der vorgesehene Kontaktort wurde ständig von zwei Mann aus Konstantins Truppe überwacht. Der Major selbst suchte sie des Öfteren auf ihrem Posten auf, zur Kontrolle und um nützliche Ratschläge zu erteilen. Zu viel stand auf dem Spiel. Sie würden nicht nur exakt arbeiten, sondern auch noch die Rolle von Rettern spielen müssen, die dank eines glücklichen Zufalls im entscheidenden Moment zur Stelle waren.

Und schließlich war es so weit. Olga fuhr in ihrem Pontiac durch den Torbogen, überquerte den Hof und hielt vor ihrem Büro an. Als sie aus dem Wagen stieg, stürzte plötzlich ein schwarz gekleideter Kerl mit einer Pistole in der Faust auf sie zu. Im nächsten Augenblick warfen sich zwei »Passanten« auf ihn. Doch noch bevor sie ihn fesseln konnten, krachte ein Schuss. Offenbar hatte dieser Tölpel weder theoretisch noch praktisch eine Ahnung von der hohen Schule des Auftragsmords und war derart unberechenbar, dass es ihm durch ein unglaubliches Wunder gelang, in dieser für ihn völlig aussichtslosen Situation abzudrücken.

Man steckte ihn in einen Jeep und brachte ihn ins Landhaus zum Verhör.

Das Schicksal wollte es, dass die Kugel Olgas Rückgrat traf und sie für immer die Fähigkeit verlor, sich ohne Rollstuhl selbstständig fortzubewegen.

Man ließ etwas Zeit verstreichen, damit sich die an der Tragödie Beteiligten ihrer neuen Lage bewusst werden und sich damit abfinden konnten. Erst dann arrangierte Oleg an Olgas Krankenbett eine Gegenüberstellung des Killers und Rosas. Natürlich stritt diese alles ab und sagte, sie habe dieses Scheusal nie zuvor gesehen. Das Scheusal schilderte detailliert, wie Rosa ihn angeheuert, was sie gesagt, wie viel sie bezahlt und welche Kleidung sie getragen hatte. Er beschrieb die Einrichtung des Büros, in dem sie das Geschäft abgeschlossen hatten. Dabei log er kein bisschen, denn die falsche »Rosa« hatte ihn spätabends in den Geschäftsräumen von Olgas Firma getroffen. Sämtliche Zweifel waren ausgeräumt, doch Rosa gestand nichts.

Dann führte man sie ab. Den dummen Kerl entließ man in Gnaden. Rosa wurde später nie wieder irgendwo gesehen.

Olga heulte in ihr Kissen. Oleg streichelte sanft ihre Schulter, wie bei einem kranken Kind, das sich aber schon auf dem Weg der Besserung befindet.

»Warum, warum nur hat sie das getan?!«, rief Olga schluchzend. So behutsam wie möglich brachte ihr Oleg bei, Rosa habe schon längst gestanden, sie habe Olga vorsätzlich verführt. Nur habe sie es vorhin, während der Gegenüberstellung, einfach nicht über sich gebracht, es ihr ins Gesicht zu sagen. Sie habe sie verführt und mit ihren schwarzen Hexenaugen an sich gebunden, um an die zehn

Millionen heranzukommen. Man habe Olgas Kreditkarte bei ihr gefunden, deren PIN-Code sie schon lange kannte. Das wäre für sie ein unerschöpflicher Geldbeutel gewesen, der ihr bis ans Ende ihrer Tage gereicht hätte. Zwar hätte sie am Geldautomaten keine großen Summen abheben können, aber von fünfhundert Dollar am Tag könne man ja durchaus leben.

Allmählich ging in der Familie alles wieder seinen gewohnten Gang, und jeder gab sich mit der neuen Situation zufrieden. Olga litt keineswegs unter ihrer Behinderung, sondern führte weiter die eigenen Geschäfte. Sie entdeckte sogar ein neues Hobby: das Sammeln von Gemälden. So verbrachte sie ihre gesamte Freizeit auf Auktionen, Vernissagen und in den Ateliers modischer Künstler. Ihr physisches Handicap hinderte sie dabei in keiner Weise, denn stets war eine ausreichende Zahl ergebener Helfer zur Hand.

Aufgrund des Erlebten kehrte die Liebe zwischen Oleg und Olga nicht nur wieder zurück, sie wurde sogar noch stärker, denn nichts bringt die Menschen einander näher als eine gemeinsam durchlebte und überwundene Tragödie.

Nach drei Jahren sah der psychologisch äußerst kompetente Oleg den Moment gekommen, Olga das wahre Bild jener schicksalhaften Ereignisse zu enthüllen, denn zwischen Liebenden darf es keine größeren Geheimnisse geben. Schweigend hörte Olga die Erzählung ihres Mannes an, die von einer genauen Beschreibung der Motive, die ihn dazu bewegt hatten, ergänzt wurde. Vergoss ein paar Tränen. Und schmiegte sich voller Dankbarkeit an seine Brust.

Es wäre falsch zu behaupten, dass sie sich gezwungenermaßen mit ihrer Behinderung sowie mit Rosas Tod abfand, weil sie in ihrer hilflosen Lage keine andere Möglichkeit hatte, als im Haus ihres Mannes zu bleiben, wo man ihr jede Laune von den Lippen ablas. Keineswegs. Olga nahm alles mit Dankbarkeit hin, denn das ergebene Weib eines mächtigen, klugen und vorausschauenden Mannes zu sein, ist das nicht das wahre Glück? Außerdem empfand Olga die Tatsache, dass sie an den Rollstuhl gefesselt war, als gerechte Strafe für ihre Treulosigkeit und den von ihr ersonnenen Verrat. Und selbst als sie die Einzelheiten jener Angelegenheit erfuhr, konnte dies ihren Glauben an die Gerechtigkeit des von Oleg mit fester Hand gelenkten Schicksals nicht auch nur im Geringsten erschüttern.

Heute ist Oleg vierundvierzig Jahre alt, Olga siebenunddreißig. Sie haben einen wunderbaren zweijährigen Sohn, allerdings mit dem etwas manierierten Namen Lester. Sie alle sind glücklich und einander in Liebe ergeben, wovon ich mich mit eigenen Augen überzeugen konnte, als ich sieben Stunden in Olegs Haus verbrachte. Diese vergingen wie im Flug bei Gesprächen, einem Mittagessen, einer Partie Billard, einem Spaziergang in dem schmucken Herbstwald, der gleich hinter dem Zaun des Anwesens beginnt. Und wenn sich Olga im Haus mit Hilfe eines von lautlosen Elektromotoren angetriebenen Rollstuhls der Firma Siemens bewegte, so hatte sie für Ausflüge in den Wald ein anderes Gefährt, das bei Harley-Davidson nach ihren Wünschen gefertigt worden war.

Es war ein unvergesslicher Anblick. Ein vierrädriges Monster, gelenkt von Olgas kräftigen Armen, raste mit wildem Getöse und beängstigender Geschwindigkeit durch die hügelige Landschaft, überwand Abhänge, flog über

Kuppen hinweg, brach sich durch junge Fichtenbestände Bahn und durchquerte murmelnde Waldbäche, dass Millionen glänzender Wassertropfen aufspritzten. Olegs Gesicht strahlte vor aufrichtigem Glück. Lester thronte auf den Schultern seines Vaters, lachte schallend und winkte mit einem karierten Fähnchen in der Hand seiner Mutter zu. Als die Harley sich etwas weiter von uns entfernt hatte, konnte man den Ruf eines Kuckucks hören, der Oleg, Olga und Lester noch lange und glückliche Lebensjahre verhieß.

Der Spinner

Andrej nennt sich selbst einen Spinner. Deshalb wollen wir nicht lange nach anderen Bezeichnungen suchen, sondern uns der von unserem Helden vorgeschlagenen bedienen. Denn wer kennt einen Menschen besser als dieser Mensch selbst, der vierundzwanzig Stunden am Tag mit sich verbringt, bis man ihn schließlich in ein hölzernes Etui normierter Ausführung legt und in zwei Metern Tiefe vergräbt. Freilich entsprechen Selbsteinschätzungen nicht immer der Wirklichkeit; nicht jeder Lebende besitzt die Gabe objektiver Reflexion, die so subjektiven Gefühlen wie Selbstmitleid und dem Hang zum Eigenlob keine Chance lässt.

In unserem konkreten Fall kann man jedoch unmöglich Andrej nicht beipflichten. Denn er ist tatsächlich ein ausgeprägter Spinner. Allerdings war er das nicht immer. Wäre nämlich seine Spinnerei angeboren gewesen, so hätte er nicht jenes enorme Vermögen machen können, über das er heute verfügt. Später jedoch, nach seinem Rückzug aus dem Geschäftsleben, begann er in sich bewusst jene nationale Eigenschaft zu entwickeln, von der die Große Russische Literatur des 19. Jahrhunderts in bedeutendem Maße zehrte – eine Literatur, die so manchen Vertreter des degenerierten Kleinadels als schädliches Insekt dargestellt hatte.

Ohne auf die Phase der Entwicklung dieses neuen Charakters näher einzugehen, auf die ersten unsicheren Schritte und kleinen Erfolge auf dem Gebiet der Willkür, getrieben von den unberechenbaren Impulsen einer tollkühnen Phantasie, gehen wir gleich zur Darlegung des wichtigsten von Andrej realisierten Projekts über, auf das er mit Recht stolz ist.

Vor drei Jahren hatte er sich in einer entlegenen Ecke des Gebiets Wladimir einen von der Zivilisation völlig unberührten Flecken ausgesucht und auf einem dort billig erstandenen Grundstück ein luxuriöses dreigeschossiges Haus mit einer Vielzahl von Wirtschaftsgebäuden sowie einen soliden Zaun rund um das Gelände errichten lassen. So entstand eine uneinnehmbare Festung, umgeben von Wachtürmen für MG-Schützen. Diese Festung bewohnten etwa zwanzig Mann Sicherheitspersonal, ein Hausverwalter, zwei Köchinnen und zwei Zimmermädchen, die er korrekt bezahlte. Er selbst verbrachte in diesem Haus keinen einzigen Tag.

Zu erwähnen ist, dass Andrej diesen Besitz mit Hilfe eines falschen Passes auf den Namen eines Menschen eintragen ließ, der in Wirklichkeit nie existiert hatte.

In einem Umkreis von fünf Kilometern gab es zwei arme größere Dörfer namens Kablukowo und Wjasgino. Und zwei halb verfallene kleinere: Fedotowka und Lunatscharka. Etwa achthundert Personen wohnten in diesen Ortschaften, die meisten davon im Pensionsalter. Es gab aber auch relativ junge Leute, also unter vierzig Jahren. Das waren vielleicht zweihundert.

Andrej erschien nun in einem einfachen, schon ziemlich abgetragenen Anzug bald in Kablukowo, bald in Wjasgino, bald in Fedotowka und bald in Lunatscharka, wobei er in seinen Taschen nur geringe Geldbeträge in kleinen Scheinen, Fahrscheine für die Vorortbahn und den Regionalbus sowie einen gut erhaltenen Browning Modell 1913 trug. Als Pseudonym wählte er den bewährten Namen Netschajew*.

Ziemlich bald hatte Andrej so gut wie alle Bewohner der oben genannten Orte kennen gelernt, begünstigt durch sein angenehmes, offenes Gesicht, seine klugen Reden und die Bereitschaft, mit der er den Männern billigen Wodka spendierte, der in den ländlichen Lebensmittelläden rund um Wladimir verkauft wurde. Genosse Netschajew scharte etwa zehn bis fünfzehn Männer um sich, die sich die Landarbeit abgewöhnt und keinerlei positiven Ersatz dafür gefunden hatten, und fragte sie nach ihrem schweren Los, ihren dringendsten Bedürfnissen und ihrem angestauten Groll gegen die Geldsäcke, die das Volk ausraubten. Allmählich erweiterte sich die Zuhörerschaft des Intelligenzlers, dem die Not, welche über die einfachen Leute hereingebrochen war, so sehr am Herzen lag. Zu den Versammlungen, bei denen man sich nicht nur aussprechen konnte, sondern auch viel Kluges und Gerechtes über sich und sein Schicksal erfuhr, kam nun die gesamte arbeitsfähige Bevölkerung. Netschajew hörte den Menschen nicht nur zu und schüttelte teilnahmsvoll den Kopf, sondern lehrte sie auch, was sie tun sollten, das heißt, wie sie zum einen für sich und ihre Kinder Vergeltung üben, zum anderen einen gewissen materiellen Nutzen davontragen

* Eine historische Persönlichkeit, die seinerzeit dem Schriftsteller F. M. Dostojewski zu einem anständigen Honorar verhalf.

konnten, indem sie sich zumindest einen Teil des Gestohlenen zurückholten.

Und dann fiel endlich das Wort, das schon lange in der Luft hing: »Revolution«. Es legte das theoretische Fundament unter die bereits mehrfach geäußerte These: »Umbringen muss man sie, die Dreckskerle!« Das Volk begann sich eilig zu bewaffnen, wogegen die örtlichen Behörden nichts unternahmen, da es solche in dieser gottverlassenen Ecke des Gebiets Wladimir gar nicht gab. Denn es gab ja auch nichts zu regieren in Kablukowo, Wjasgino, Fedotowka oder Lunatscharka: materielle Werte, die man hätte veruntreuen oder als Bestechungsgut erhalten können, fehlten völlig. Die Einzige, die man vielleicht gerade noch als Behörde hätte bezeichnen können, war eine Arzthelferin in Kablukowo, die ganz allein im Rahmen ihrer begrenzten Möglichkeiten die Not der Bevölkerung zu lindern versuchte. Doch Netschajew gab ihr deutlich zu verstehen, dass man die Bauern von Wladimir nur durch bewaffneten Kampf von ihrem Leiden befreien könne. Und dass ihre heilige Aufgabe künftig darin bestehen werde, die Verletzten auf dem Schlachtfeld zu verbinden.

Zunächst wurden all jene erfasst, die in der Lage waren, eine Waffe in der Hand zu halten. Insgesamt waren das fast zweihundertfünfzig Personen, die in vier Kompanien eingeteilt wurden. Allerdings gab es bei weitem nicht genügend Waffen für alle: Bei einer Begehung aller Höfe mit einer Vollmacht, die ein mysteriöser »Revolutionärer Gebietsmilitärrat« ausgestellt hatte, kamen nur achtundsiebzig Jagdgewehre zusammen. Den Rest übernahm Netschajew. Zwei Wochen später brachten zwei Lkws eine Ladung Kisten mit glattläufigen Gewehren und Patronen für die

Bärenjagd, die man im Laderaum vorsorglich mit Stroh bedeckt hatte.

Weitere zwei Wochen verbrachten die revolutionären Kämpfer in einer aufgelassenen Grube mit Schießübungen und Nahkampftraining.

Und endlich schlug Netschajew ein wunderbares Objekt vor, gegen das die Bauern ihren gerechten Zorn richten konnten, ein Objekt, das den Bewohnern von Kablukowo, Wjasgino, Fedotowka und Lunatscharka schon lange ein Dorn im Auge war: ebenjenes reiche, bürgerliche Haus, das Andrej hatte bauen lassen.

Nachdem sie zur Stärkung des Wagemuts in ihren Herzen fünf Kästen Wodka geleert hatten, begannen sich die Kämpfer für das Glück der arbeitenden Bauernschaft der Höhle der Bourgeoisie zu nähern. Dabei heizten sie sich gegenseitig mit wilden Schreien an, aus denen sich ohne besondere Mühe das Leitmotiv »Tod den Arschlöchern!« aussondern ließ.

Sämtliche Versuche der Wachleute, die plötzlich auf der Lichtung erschienene Menge seltsamer Irrer zur Vernunft zu bringen, mit ihnen in Verhandlungen zu treten und sie zum Verzicht auf ein sinnloses Blutbad zu bewegen, waren vergebens. Als Antwort donnerte ihnen eine ungeordnete Kartätsche aus zweihundertfünfzig Läufen entgegen. Von den Wachtürmen hielten vier Maschinengewehre wacker dagegen sowie zwei Granatwerfer des Typs »Mucha«, der sich während der Tschetschenien-Kampagne hervorragend bewährt hatte.

Wie sich herausstellte, war Netschajews teuflische Berechnung erstaunlich präzise: Zwanzig ausgebildete Wachleute, die sich mit modernen Schusswaffen hinter einer Befestigungsanlage verschanzten, waren genauso stark wie zweihundertfünfzig Nichtsnutze mit blutunterlaufenen Augen und glattläufigen Gewehren. Es entbrannte ein langer, blutiger Kampf, dessen Ausgang nicht einmal ein Generalstabsstratege vorauszusagen gewagt hätte. Andrej verfolgte aus sicherer Entfernung und mit größtem Interesse das unterhaltsame Getümmel, bei dem unzählige seiner Gefolgsleute starben, schoss zwischendurch immer mal wieder mit dem Browning in die Luft und nahm die Schlacht mit einer tragbaren Videokamera auf.

Doch auch die ohnehin nicht gerade dicht besetzten Reihen der Wachleute wurden immer spärlicher. Den einen durchsiebte ein jaulendes Schrapnell, ein anderer wurde bei dem erfolglosen Versuch, sich vom Schlachtfeld zu entfernen, mit einem Zerlegemesser für Schweinehälften abgestochen. Dann, nach fünf Stunden, begann das Geschützfeuer nachzulassen. Weitere eineinhalb Stunden später stellte sich heraus, dass die Verteidigung der Zitadelle völlig vernichtet war. Mit einem riesigen Kiefernstamm wurde das Tor aufgestoßen, und jubelnd drangen die Sieger in das herrschaftliche Grundstück ein.

Hierbei handelten die kaum gebildeten Bauern, ohne auch nur die leiseste Ahnung von der Weltgeschichte zu haben, rein intuitiv genau nach jenen Gesetzen, die im Mittelalter bei der Einnahme feindlicher Städte und befestigter Vorposten gegolten hatten. Die unglücklichen Frauen wurden geschändet und erlitten den Märtyrertod. Noch furchtbarer erging es dem Hausverwalter, den man für den Besitzer des Landguts hielt.

Die Sieger der Schlacht sperrten den »Hausherrn« zunächst in die Küche, ließen bei ihm eine Bewachung zurück und stürzten in das dreigeschossige Haupthaus, um die herrschaftliche Habe an sich zu reißen. Doch war in keinem der zahlreichen Zimmer etwas zu finden. Weder Möbel noch Bilder noch Antiquitäten, auch keine reich bestückte Bibliothek, keine Schatullen mit Wertsachen oder Schränke mit Anzügen und Bettwäsche, weder Kellergewölbe mit Weinfässern noch Säcke voller Dollars. Das Haus war wie leer gefegt. Nur in dem kleinen Zimmer, in dem der Hausverwalter für ein mageres Gehalt von fünfhundert Dollar im Monat wohnte, fand man eine recht asketische Möblierung, deren teuerstes Stück ein tragbarer Sony-Fernseher war. Doch den konnte man nicht auf alle verteilen.

In seinen Erwartungen enttäuscht, stürzte sich der Mob wutentbrannt auf den Verwalter, um ihm durch Folter den geheimen Ort zu entlocken, an dem er seine sagenhaften Reichtümer versteckt hatte. Doch konnte ihnen der unglückliche Mann, den man nur eingestellt hatte, um ihn sterben zu sehen, dabei nicht helfen. Sein Leiden zog sich über mehr als eineinhalb Stunden hin, bis ihm ein natürlicher Tod infolge eines geplatzten Aneurysmas ein Ende setzte.

So blieb den Siegern nur noch ein einziger Exzess, den sie sich natürlich nicht entgehen ließen. Von verschiedenen Ecken her in Brand gesetzt, loderte das Anwesen auf wie ein Heuschober und beleuchtete die heraufziehende Dämmerung in einem Umkreis von zehn Werst. In der Stille, die nun eingekehrt war, hörte man, wie in der Ferne mit einem Wasserrohr gegen ein Stück Schiene Alarm geschlagen wurde, sowie das Sturmläuten, das sich vom Glockenturm des Nowopokrowski-Klosters herab über die sich zur Nacht bettende Natur ergoss.

Was weiter zu tun war, wusste niemand. Denn der Anführer des Aufstands, Netschajew, war spurlos verschwunden. Die Bauern suchten einige Zeit unter den Gefallenen nach ihm, dann kehrten sie verängstigt in ihre Häuser zurück.

Die Untersuchung dieses bizarren Verbrechens führte der FSB unter strengster Geheimhaltung durch, denn man befürchtete völlig zu Recht, dass im Falle einer Verlautbarung durch die Medien die Flamme des Bauernkrieges leicht auf andere Regionen Russlands übergreifen könne. Was man mit den Einwohnern der aufständischen Dörfer gemacht hatte, war Andrej nicht bekannt. Und eigentlich interessierte es ihn nur wenig. Das Einzige, was er sicher wusste, war, dass die Ermittler weder Netschajew noch den Besitzer des verbrannten Landhauses ausfindig gemacht hatten.

Andrej erzählte mir dies alles in seinem nahe gelegenen Haus, in dem ich einige überaus aufschlussreiche Stunden verbrachte, vorwiegend im »Büfettsaal«, wie der Hausherr ein geräumiges Zimmer nannte, wo er eine unglaubliche Menge verschiedenster Getränke aufbewahrte. Äußerlich entsprach Andrej voll und ganz der von ihm gewählten Selbstbeschreibung. In einem bunten orientalischen Morgenrock, aus dem sein üppiges Brusthaar stolz hervorquoll, thronte er auf einer Ottomane und mixte sich wilde »Cocktails« aus völlig antagonistischen Getränken zusammen: Whisky mit Benediktiner, Tequila mit Gin, Martini mit Kwas, Kognak mit Sherry und Calvados mit Massandra-Portwein, ohne dass dabei seine Gedanken an Klarheit oder seine Worte an Überzeugungskraft verloren.

Erwähnenswert ist, dass Andrejs Haus sowohl an ein

Laientheater als auch an eine ägyptische Pyramide erinnerte. Das heißt, die unzähligen Zimmer, Gänge und fensterlosen Abstellkammern, deren Lage zueinander man weder im Gedächtnis behalten noch überhaupt erforschen konnte, waren voller Menschen, die ständig von einem Zimmer zum nächsten wanderten, das ihnen selbst unbekannt war. Diese Menschen sahen, gelinde gesagt, ziemlich seltsam aus. Auf den ersten Blick entstand dieser seltsame Eindruck durch die merkwürdigen Gewänder, in die sie gekleidet waren. Nachdem Andrej sich schweigend an dem bei mir erzielten Effekt ergötzt hatte, teilte er mit, dass er die Kleidung für seine Bediensteten bei denselben Kostümbildnern erwarb, die auch das Opernensemble des Bolschoj-Theaters ausstatteten.

Das Besondere an den chaotisch durchs Haus eilenden Dienern waren jedoch nicht die wunderlichen Kostüme aus allen Epochen und aller Herren Länder, sondern ihr Gesichtsausdruck. Hinter ihm verbarg sich irgendein Geheimnis, das sich meinem durchschnittlichen Verstand, der nur im Zusammenspiel mit einer Computertastatur etwas zustande bringt, nicht erschloss. Ich bat Andrej, das Geheimnis dieser Massen zu lüften. Worauf er mir bereitwillig antwortete, sie seien alle kodiert worden. Jedoch nicht, um sie von Alkoholsucht oder Nikotinkonsum zu befreien. Einigen von ihnen hatte ein vom Hausherr angestellter Meisterpsychiater eine hartnäckige Abneigung gegen elektrisches Licht suggeriert. Diese Menschen verbrachten nun den gesamten hellen Teil des Tages damit, von Fenster zu Fenster zu laufen und die künstlich beleuchteten Gänge zu meiden. Sobald die unzähligen Lüster, Lampen, Steh- und Wandleuchten im Hause eingeschaltet wurden, kniffen die Unglücklichen fest die Augen zusammen und liefen, mit ausgestreckten Armen tastend, in ihre Schlafzimmer. Anderen hatte man eine Abneigung gegen Meeresrauschen eingeimpft, das nach dem Zufallsprinzip aus irgendwelchen Lautsprechern in verschiedenen Ecken des vertrackten Gebäudes ertönte. Diese Unglücklichen flohen angsterfüllt vor den für sie furchterregenden Lauten und ließen sich bisweilen sogar vom Geräusch der Toilettenspülung täuschen. Wieder andere hatten panische Angst vor schwarzen Katzen, die sich ihrerseits, ihrem nervösen Verhalten nach zu urteilen, ebenfalls vor jemandem fürchteten. Dann gab es welche, die ergeben auf einen atomaren Bombenangriff warteten. Und wieder andere erschraken beim Anblick eines Mannes in Brandmeister-Uniform, der sich seinerseits vergeblich vor seinem eigenen, ihn verfolgenden Schatten zu verbergen versuchte – der arme Kerl war nicht einmal unter Todesdrohungen in ein Zimmer zu bringen, in das die Sonne hineinschien. Erst völlige Dunkelheit verschaffte ihm eine gewisse Erleichterung. Doch völlige Dunkelheit herrschte in diesem Hause nie, nicht einmal nachts, denn die Beleuchtung wurde von einem Computerprogramm gesteuert, das mit absichtlicher Zufälligkeit die Lampen ein- und wieder ausschaltete.

In Andrejs Haus gab es jedoch auch einen Ort, wo dieses unverrückbare Gesetz des totalen Wahnsinns nicht galt. In den sieben oder neun Zimmern, in denen der Hausherr selbst wohnte, gab es weder Licht- noch Geräuscheffekte. Natürlich durfte niemand die herrschaftlichen Gemächer betreten, ohne zuvor an der kleinen Waldai-Glocke geklingelt zu haben. Missachtete jemand diese Regel, so ließ

Andrej ihn ein zweites Mal kodieren, so dass er sich gleich vor zwei Gegenständen oder Erscheinungen fürchtete. Im schlimmsten Fall suggerierte man ihm Angst vor zwei sich gegenseitig ausschließenden, antagonistischen Dingen. So zeigte man mir einen Menschen, der weder Licht noch Dunkelheit ertrug. Um nicht wahnsinnig zu werden, war der Arme gezwungen, sein Bewusstsein ununterbrochen mit Opium zu betäuben. Man muss sagen, dass dieser Stoff im Hause reichlich vorhanden war.

Die Gelegenheit beim Schopfe packend, bat ich Andrej, ob sein fabelhafter Hypnotiseur mich nicht von meiner verhängnisvollen Alkoholsucht befreien könne. »Das macht Ihnen doch jeder Anfänger«, entgegnete Andrej, »meiner hier kann viel mehr. Sagen wir mal, er legt für Sie eine Norm fest, über die Sie nicht hinauskommen. Zum Beispiel hundertfünfzig Gramm Wodka, oder ein Viertel Portwein, oder drei Flaschen Bier.« Freudig stimmte ich zu. Doch der Wunderdoktor hatte da wohl etwas nicht ganz verstanden. Weshalb alle meine Saufgelage seither mit brutalen Kopfschmerzen enden. Denn in meinem Bewusstsein sind die genannten Dosen nicht nur mit einem »und« anstelle eines »oder« verbunden – jede von ihnen wird zudem von meiner dressierten Psyche so bewertet, dass ich sie unbedingt bis zum letzten Schluck austrinken muss. Daraus entsteht dann unweigerlich ein wüster Cocktail, der 1995 ml meines Mageninhalts besetzt.

Aber es geht hier nicht um mich. Andrej erzählte mir von einer Vielzahl weiterer verrückter Projekte, die er bereits verwirklicht hatte. So lohnt es sich, kurz zu berichten, wie er einmal auf dem gesamten Ackerland eines Farmers, der es ihm angetan hatte, in unterschiedlicher Tiefe zehn

Kilogramm »alter« Münzen vergrub, die ihm ein befreundeter Juwelier gegossen und auf antik getrimmt hatte. Schon bald hatte sich das Gerücht von dem Feld voller Schätze im Umkreis von fünfzig Kilometern verbreitet. Und trotz der verzweifelten Versuche des Bauern, dem kollektiven Unfug auf den ihm rechtmäßig gehörenden Ländereien Einhalt zu gebieten, verwandelten Massen von Menschen mit Schaufeln, Schubkarren und Bettrosten zum Durchsieben des Bodens innerhalb von drei Tagen eine Fläche von dreihundert Hektar in eine einzige, an einigen Stellen bis zu fünfzehn Meter tiefe Grube. Schon bald füllte sich diese mit Grundwasser, und anstelle des Felds, das die vielköpfige Familie des Bauern ernährt hatte, entstand ein See, in dem in der Folge nicht wenige Bauern aus den nahe gelegenen Dörfern ertranken, weil sie versucht hatten, die Suche nach dem schnellen Glück auf seinem Grund fortzusetzen.

Was Andrejs zukünftige Projekte anbelangt, so zieht er es vor, sich darüber nicht weiter zu äußern, da jedes von ihnen zu einer Reihe von Artikeln des Strafgesetzbuchs in antagonistischer Beziehung steht. Würden diese großartigen Pläne vorzeitig verlautbart, so könnte ihre Verwirklichung am aktiven Widerstand der Rechtsschutzorgane scheitern.

Der unbequeme Neffe

Das Schicksal trennte Igor von seinem jüngeren Bruder zu Beginn der Kooperativen-Bewegung. Igor begriff damals sofort: In nicht allzu ferner Zukunft würde man, anstatt Sparkassen in kleinstädtischen Siedlungen auszunehmen, eigene Banken aufmachen können. Sein Bruder glaubte nicht daran und setzte seine kriminelle Karriere fort.

Sieben Jahre später stieg Igor zum Leiter eines Unternehmens auf, dessen Jahresumsatz eineinhalb Prozent des russischen Staatshaushalts entsprach. Sein Bruder hatte in der Zwischenzeit gesessen und war dann *Brigadier* in einer von drei konkurrierenden Gruppierungen eines Provinzstädtchens mit fünfzehntausend Einwohnern geworden.

Diese Verwandtschaft machte Igor schwer zu schaffen. Auch der Bruder verhielt sich ihm gegenüber unverhohlen feindselig, was weniger auf Futterneid als auf verletzten Stolz zurückzuführen war. Schließlich hätte Igor ihn doch irgendwo in seiner Umgebung unterbringen können, als Referent für Organisierte Kriminalität oder so. Einmal war davon sogar die Rede gewesen. Doch Igor hätte die Hälfte der Unternehmenseinkünfte dafür gegeben, um sich diesen lieben Verwandten mit den grotesken Gesten eines Knackis, dem Goldzahn im Mund und der Tätowierung »Kolja« auf den Fingern der rechten Hand vom Hals zu halten.

Igor versuchte es einmal sogar mit zweihunderttausend Dollar, die er dem nutzlosen Bruder für die Gründung einer eigenen Firma gab. Sogar einen erfahrenen Unternehmensberater hatte er für ihn gefunden. Doch dieses edle Unterfangen endete auf abstoßende Weise. Dem kleinen Bruder stieg das geschenkte Geld so zu Kopf, dass er damit eine illegale *Privatschule der hohen Kunst des Verbrechens* gründete und dafür die entsprechenden Dozenten anheuerte. Danach verbannte Igor jegliche familiären Gefühle aus seinem Herzen.

Doch am Ende sollte ihm der Bruder noch ein Ei legen, das ihm das Leben zur wahren Hölle machte. Irgendein ehrgeiziger Bandit hatte sich vorgenommen, in der kriminellen Hierarchie die Stufe zu erreichen, die Kolja besetzte. Also nahmen eines wunderschönen Morgens zwei Jeeps den Wagen, in dem Kolja und seine Frau aus einem Nachtlokal zurückkehrten, in die Zange und verwandelten ihn mit ein paar MG-Salven in ein Sieb. Diese Nachricht nahm der ältere Bruder mit Erleichterung auf. Mehr noch, tief im Innersten regte sich sogar eine gewisse Freude, die er noch im selben Augenblick mit dem Gedanken »Endlich hat er's ausgestanden, der arme Kerl« rechtfertigte.

Doch drei Tage später stellte sich bei der nicht zu umgehenden Beerdigung heraus, dass es einen Waisen gab, einen vierzehnjährigen, reichlich aufgepumpten Knaben mit großen, von Schürfwunden übersäten Fäusten, einem Kurzhaarschnitt, der Herkunft und Lebensziele deutlich erkennen ließ, und einem nach Gangsterart veränderten Namen: *Sery* statt Sergej. Und was das Unangenehmste war: Der Waise hatte auf dieser Welt nur einen einzigen nahen Verwandten – Onkel Igor. Die Großeltern, die ihre Söhne bereits in fortgeschrittenem Alter bekommen hatten und bei denen man diese Bescherung hätte loswerden können, weilten nicht mehr unter den Lebenden.

Natürlich hätte man ihn zum Teufel jagen können. Umso mehr, als er ja bereits mit den jungen Nachwuchsgaunern abhing und fahrende Händler und Budenbesitzer abzockte. Davon hätte er auch durchaus leben können. Aber laut Gesetz brauchte ein Junge, der das sechzehnte Lebensjahr noch nicht vollendet hatte, einen Vormund, der für seine Erziehung aufkam und für sein gesamtes Handeln die Verantwortung übernahm. Natürlich hätte man den Neffen auch in ein Waisenhaus geben können, doch dann wäre Igor von der Geschäftswelt als hartherziges Scheusal gebrandmarkt worden, das einen Waisen der Willkür des Schicksals überlassen hatte. Und damit ließ sich der Kreis potentieller Kompagnons nur äußerst schwer erweitern.

Igor spielte im Geiste fieberhaft alle Möglichkeiten durch, wie er aus dieser ausweglosen Situation würdig herauskommen konnte, doch war eine unsinniger als die andere. Das Europäische Privatpensionat – dort würde der Junge vor lauter Langeweile irgendwann die Klassenleiterin vergewaltigen. In der Suworow-Militärschule würde er zwei bis drei Studienkollegen verstümmeln. Das Internat der Olympischen Reserve für asiatische Kampfkunst, der Schulsegler »Towarischtsch«, die Begabtenschule im Akademgorodok bei Nowossibirsk, eine zweijährige Kreuzfahrt um die ganze Welt …

Es blieb nichts anderes übrig, als sich mit der unangenehmsten Variante abzufinden: den Bastard zwei Jahre lang bei sich zu Hause zu dulden, bis er seinen eigenen Pass bekam – dann würde man ihn endlich legal vor die Tür setzen können.

Mit dem Einzug des neuen Mitbewohners wurde das Leben im Haus zur Hölle. Schimpfwörter waren aus dem Wortschatz des Neffen nicht wegzudenken, ohne sie verlor seine Rede jeglichen Sinn. Ihm das freie Fluchen zu gestatten war unmöglich, da in der Familie zwei Töchter heranwuchsen: Shanna und Polly. Doch verbieten konnte man es ihm auch nicht, denn das wäre der Anordnung gleichgekommen, überhaupt nichts mehr zu sagen. Und es gab noch eine Menge anderer Probleme. Zum Beispiel die ziemlich lauten Freunde, die er sich schon bald vor Ort zugelegt hatte. Doch als nach deren zweitem Besuch der Videorecorder der jüngeren Tochter verschwunden war, erhielt das Sicherheitspersonal Anweisung, sie nicht mehr über die Türschwelle zu lassen. Der Neffe tobte daraufhin ein wenig, zerschlug aus Protest den Fernseher und eine antike Vase, fügte sich aber.

Es entstand eine interessante Situation: Den Neffen im Haus zu haben war widerlich, seine Abwesenheit jedoch ließ stets irgendeine Gaunerei befürchten, die Igors Konkurrenten dann bebend vor Vergnügen in die ganze Welt hinausposaunen und in allen Zeitungen und Fernsehkanälen unterbringen würden: »Igor N.s Kapital: kriminelle Herkunft unwiderlegbar bewiesen!« Diese Feinde waren grundsätzlich durchaus imstande, den Neffen mit der hypertrophierten Muskulatur und den unterentwickelten grauen Zellen zum Überfall beispielsweise auf eine Devisenwechselstube zu bewegen. Für diesen Spaß würden sie eine solche sogar, damit er nicht weit zu fahren hätte, eigens vor Ort einrichten: Man müsste nur ein Fenster in eine Telefonzelle schneiden und ein altes Hutzelweib hineinsetzen. Und der Tisch dürfte keine Schubladen haben, damit die Dollarpäckchen direkt auf der Platte lagen …

Diese explosive Situation brachte Igor auf den Gedanken, den Neffen umzubringen. Nicht eigenhändig natürlich, damit hatte er sich schon damals vor Jahren nicht befasst, nachdem er zweimal gesessen hatte. Man müsste einen zuverlässigen Killer anheuern, ihn gebührend entlohnen … Doch nachdem er in Ruhe alle Pros und Kontras abgewogen hatte, verwarf Igor diesen trivialen Plan. Am Ende würden die Reporter mit ihren Schnüffelnasen die Vergangenheit des Neffen ans Licht bringen, dazu Einzelheiten über den Tod seiner Eltern, seine früheren Fehltritte und jetzigen Eskapaden, über die der Sicherheitschef Igor regelmäßig informierte. Und dann stünde es doch in metergroßen Lettern auf der Titelseite des ›Kommersant-daily‹: »Igor N.s Kapital: kriminelle Herkunft unwiderlegbar bewiesen!« Auch ein inszenierter Selbstmord war ungeeignet, denn er hätte den Vormund nicht gerade in ein gutes Licht gerückt.

Und plötzlich kam Igor die Erleuchtung.

An einem Abend, die Töchter schliefen bereits, stieg er zu seinem Neffen ins Dachgeschoss hinauf, wohin man diesen aus Gründen der Vernunft verbannt hatte. Zuvor hatte er sich den Argot ins Gedächtnis zurückgerufen, den er einmal nicht schlecht beherrscht hatte, und begann nun mit dem verdutzten Mündel ein Gespräch über die Romantik des Gangsterlebens. Er erzählte ein paar hyperbolisierte Geschichten aus seiner fernen Vergangenheit, erwähnte seinen Bruder mit lobenden Worten. Und kam dann wie zufällig auf das Thema Drogen zu sprechen, darauf, dass sie einem neue, ungewöhnliche, über den Alltag erhebende Eindrücke verschafften und den Gedanken mehr Schärfe und Widersprüchlichkeit verliehen ... Und damit es vertraulicher wirkte, fügte er alle paar Worte das Präfix *Scheiß-* hinzu.

Der Neffe bestätigte, Hasch und Kodein seien voll geil. Der Onkel meinte, das sei alles Pipifax, Schwachstrom für Warmduscher. Einen richtig geilen Trip bekomme ein cooler Typ nur mit Heroin. Er bot ihm an, mal zu probieren, und zog aus der Trainingshose, die er um überzeugenderer Wirkung willen angezogen hatte, eine flaschengrüne Schachtel hervor. Und aus der Schachtel zwei Spritzen und zwei Ampullen.

»Na, wie wär's mit einem Schuss?«

»Ja, bist du etwa 'n Fixer?«, staunte der Neffe.

»Schon seit zwanzig Jahren.«

»Aber es heißt doch, dass du bei Heroin schon nach fünf Jahren krepierst!«

»Da hör mal lieber richtig hin. Das sagen die doch nur, weil sonst keiner mehr Wodka kauft. Und mit dem Wodka machen die bei uns die Hälfte des Staatshaushalts.«

Mit Sergejs Hirn hatte sich nie jemand ernsthaft beschäftigt, also glaubte er ihm bereitwillig.

Igor, der zuvor ziemlich gründlich an seinen Leibwächtern geübt hatte, spritzte dem Neffen intravenös eine Ampulle Heroin. Und sich selbst in den Unterarmmuskel destilliertes Wasser. Der Neffe lehnte sich zurück, ein breites Lächeln auf dem Gesicht.

Am nächsten Abend wartete er schon. Und wieder setzten sie sich einen Schuss.

Nach zwei Wochen hing der Neffe bereits fest an der Nadel. Und der Onkel erhöhte die Dosis zunehmend.

Dann begann die zweite Phase: die Austreibung der Dämonen. Nach einem weiteren wilden Streich – diesmal hatte er offenbar ein Küchenmädchen auf sein Zimmer gezerrt und versucht, es zu vergewaltigen – verweigerte man ihm die allabendliche Dosis. Die ganze Nacht über blieb er standhaft, doch am Morgen kam er bettelnd angekrochen. Man ließ ihn jedoch bis zum Abend zappeln, damit es richtig wehtat. Vor der Abendspritze lag er schon fast im Staub, küsste einem aber noch nicht die Füße. Und da teilte man ihm mit, er werde künftig bei der kleinsten Überschreitung noch härter, das heißt noch länger bestraft und danach weniger bekommen.

Trotzdem kam es noch zu ein paar weiteren Verstößen gegen die Disziplin. Doch ab dann lief es wie geschmiert, wie von selbst, nach einem genauen Algorithmus. Die Leibwächter übernahmen das Spritzen. Und sie waren es auch, die *nicht* spritzten, wenn sich der Neffe unter Menschen begab, das heißt irgendwohin außerhalb seines Gebäudetrakts kroch. Manchmal gestattete man ihm, auf einer Wiese in einer entlegenen Ecke des Parks herumzuliegen.

Und dann lernte Sergej, sich selbst zu spritzen.

Nach einem halben Jahr war der Neffe ein stummes Gewächs geworden (man hatte ihm sogar das Sprechen in Gesellschaft verboten), das auf Licht, Temperatur und natürlich auf jene nährenden Säfte reagierte, die in seinen Venen, Arterien und Kapillaren zirkulierten. Zweimal täglich schloss man die Tür auf, gab ihm Ampullen und Essen und brachte das Zimmer etwas in Ordnung. Vor dem Schlafengehen schaltete man den Fernseher aus. Später, als der Gestank unkontrolliert abgehenden Urins bis zu den Wohnräumen vorzudringen begann, errichtete man auf seiner Lieblingswiese ein kleines Häuschen und quartierte ihn dort ein.

Es wäre falsch zu sagen, dass der Neffe die ganze Zeit bis zu seiner Volljährigkeit langsam dahinsiechte. Keineswegs. Aufgrund seiner Pferdenatur, seiner Jugend und seiner plebejischen Anpassungsfähigkeit verwandelte er sich einfach in eine andere Form von Organismus. Bis zum Eintritt des schnellen Todes blieben ihm noch mindestens zehn Jahre. Diese würde er jedoch nicht mehr innerhalb von Igors Haus sowie seiner juristischen und medialen Verantwortung verbringen.

Als schließlich die lang ersehnte Volljährigkeit erreicht war, steckte man dem Neffen seinen Pass in die Jackentasche und brachte ihn mit einem Jeep zu seiner früheren Wohnung, wo an einer Wand noch die Fotos seiner Eltern hingen, die der Sohn nicht mehr erkannte. Es wurde jemand angeheuert, der ihm zweimal täglich je eine Ampulle und irgendwas zu essen brachte. Dann, nach einem Jahr – der Neffe hatte nun sein eigenes Leben begonnen und teilte mit dem Onkel nur noch den Nachnamen –, zahlte man dem Mann sein letztes Honorar, worauf dieser zur Sicherheit fünfzehn Ampullen zu 10 ml aushändigte.

So fand alles ein Ende. Die Überdosis mit Todesfolge war zwar noch Gegenstand einer polizeilichen Untersuchung, die den Beschaffungsweg des Rauschgifts nachzuvollziehen versuchte. Die angeheuerte Person konnte jedoch keine Zeugenaussage machen, da sie selbst nicht mehr unter den Lebenden weilte.

Für das Unternehmen, dessen Jahresumsatz eineinhalb Prozent des russischen Staatshaushalts entsprach, waren all diese Ausgaben Peanuts. Aber es hatte doch auch einige Nerven gekostet. Und Nervenzellen, wie man weiß, regenerieren sich nicht.

Der letzte Humanist

Jeder von uns hat von dem utopischen Werk ›Der Sonnenstaat‹ des Dominikanermönchs Tommaso Campanella zumindest etwas gehört. Vielleicht hat es jemand sogar aus dem einen oder anderen Grund gelesen: entweder um sich durch das Studium dieser unzweifelhaft sehr bedeutenden Quelle des wissenschaftlichen Kommunismus weiterzubilden oder einfach nur um herauszufinden, was einem Dichter, den man für siebenundzwanzig Jahre eingekerkert hat, so alles einfällt. Aber keiner der heute Lebenden hat Campanella selbst gesehen oder die Möglichkeit gehabt, sich mit ihm zu unterhalten. Mir ist es jedoch durch einen glücklichen Zufall gelungen.

Campanella hieß mit Vor- und Vatersnamen Leonid Petrowitsch. Sein Vermögen hatte er schon zu Sowjetzeiten als Handelsvertreter des Landes in einer der lateinamerikanischen Republiken gemacht und es zu Beginn der neunziger Jahre legalisiert. Mitte des letzten Jahrzehnts des vorigen Jahrhunderts erkrankte er dann an einer typisch russischen Krankheit: Er widmete sich dem Aufbau einer gerechten Gesellschaft, die auf den Ideen des Humanismus und der totalen Gerechtigkeit basieren sollte. Natürlich erhielt seine Stadt einen ganz anderen Namen, doch die Rolle des Sol war für niemand anderen als ihn, Leonid Petrowitsch, bestimmt.

In praktischer Hinsicht ging unser Held viel weiter als sein berühmter Vorgänger. Sein geistiges Kind war nicht nur in verbale Form gewandet, sondern existierte auch als konkretes Bauvorhaben, das durchaus hätte realisiert werden können.

Leonid Petrowitschs Stadt hatte die Form einer Pyramide aus besonders gehärtetem, für die UV-Strahlen der Sonne durchlässigem Glas. Diese Besonderheit ermöglichte es, im Erdgeschoss des großartigen Gebäudes, dessen Grundfläche neun Quadratkilometer betrug, Ackerbau und Viehzucht zu betreiben. Die zweite Ebene war für die Handwerker gedacht. Diese wurden in geringerer Anzahl benötigt als die Bauern, was sich konstruktiv schon aus der geringeren Fläche ihres Stockwerks ergab, die ihrerseits durch die geometrischen Gesetzmäßigkeiten der Pyramide vorgegeben war. Krieger, die in der Stadt für Ordnung sorgen sollten, brauchte man noch etwas weniger. Die nächsten acht Ebenen waren für die Athleten, die Heiler, die Gelehrten, die Mimen, die Poeten, die Verwalter, die Weisen und die Priester bestimmt.

An der Spitze dieses wunderlichen Gebäudes, auf der zwölften, nicht großen, dafür aber mit außerordentlichem Komfort ausgestatteten Ebene, würde Leonid Petrowitsch mit einer Vielzahl von Konkubinen und schweigsamen Dienern leben. Er sollte dabei nicht nur Objekt des Kults, der Verehrung und allgemeinen Anbetung sein, sondern auch das absolute Maß verkörpern, anhand dessen die Einwohner der Stadt in ihrer Bedeutung und ihrem Nutzen für die Gesellschaft einzustufen waren. Einmal im Jahr waren allgemeine Prüfungen durchzuführen, die eine teilweise Umsiedlung zwischen den Ebenen zur Folge hatten. Wertvollere Menschen stiegen um eine Ebene auf, schlechtere sanken ab. Das Problem der Übervölkerung löste man durch Tötung gebrechlicher Greise oder überzähliger Kleinkinder. (Bis zu der Stelle, wo bei Campanella die demographische Frage durch Regelung der Empfängnis gelöst wird, hatte Leonid Petrowitsch offenbar nicht gelesen.)

Leonid Petrowitsch entwarf eine außergewöhnlich umfangreiche Gesetzessammlung, die das Leben der Stadt streng reglementierte. Darin wurden die Beziehungen zwischen den Ebenen festgelegt, die Nahrungsrationen für jeden Stand, die Methoden zur Niederschlagung von Aufständen. Außerdem gab es ein nach Ebenen geordnetes Register für medizinische Dienstleistungen, strafrechtliche Maßnahmen, Freizeitbeschäftigungen, soziale Vergünstigungen, Rechte und Pflichten usw. usf. Doch war all dies so verworren, dass ich kaum etwas davon verstand. Vor allem blieb unklar, wie Leonid Petrowitsch es anstellen würde, so viele Idioten zu finden, die bereit waren, totale Gerechtigkeit und unerschütterlichen Humanismus in all ihrer Macht am eigenen Leibe zu verspüren. Auch war nicht zu erkennen, was die Viehzüchter und Ackerbauern, die von allen am nächsten beim Ausgang wohnten, daran hindern sollte, die fruchtbaren Äcker und fetten Weiden ihrem Schicksal zu überlassen und in alle Himmelsrichtungen davonzulaufen.

Nun, all diese Details, über denen Leonid Petrowitsch sein letztes bisschen Verstand verlor, interessierten mich eigentlich herzlich wenig. Denn als er alle Rechnungen der Stadtbauplaner beglichen hatte, blieben ihm nur noch zweiundzwanzigtausend Dollar, von denen zweitausend als Honorar an mich gingen. Und wer würde schon für einen derart mickrigen Betrag den Buckel krumm machen? Dem Humanismus ein Loblied zu singen ist bestimmt ehrenvoll und vielleicht sogar gut fürs Prestige, aber für einen feuchten Händedruck macht das doch kein Schwein mehr.

Der Retter der Taiga

Es mag vielleicht absurd klingen, aber Wassili wurde zwangsweise zum Millionär. Genauer, er wurde es, um eine Mission zu erfüllen, die ihm seine Landsleute auferlegt hatten. Hier ist seine erstaunliche Geschichte; die von ihr beleuchteten, bereits ein paar Jahre zurückliegenden Ereignisse hatten enorme Auswirkungen auf das Schicksal Russlands.

Anfang der neunziger Jahre hatte Wassili, ein nicht mehr ganz taufrischer, nicht sehr ehrgeiziger und im Alltag unkomplizierter Mensch, einen nicht besonders hohen Posten in der russischen Filiale von *Mabetex*, einem ausländischen Bauunternehmen. Die lächerlichen tausend Dollar Gehalt im Monat, die untergeordnete Position in der Firma und das nutzlose Brachliegen seiner Talente, mit denen ihn die Natur reichlich beschenkt hatte, waren für ihn völlig in Ordnung. Der Mann liebte es, auf dem Grundstück seiner Datscha herumzuwerkeln, angeln zu gehen und im Fernsehen Fußball zu gucken. Was er nicht liebte, waren Hektik, Rummel und Neid, den er durch seine unsicht- sowie unhörbare Position sehr erfolgreich vermied.

Eines Sommers beschloss er, zur Urlaubszeit – er war wie immer weder nach Antalya noch auf die Bahamas geflogen – sein jakutisches Heimatdorf zu besuchen, das verloren und schwer zugänglich in der tiefsten sibirischen

Taiga lag. Seine Landsleute, zu denen er nach langen Jahren der Abwesenheit nicht mit leeren Händen, sondern mit einem Haufen Geschenke zurückkehrte, empfingen ihn herzlich. Wassili entdeckte, dass die stürmischen Ereignisse der letzten Jahre sie überhaupt nicht verändert hatten: Sie waren die gleichen gutherzigen Menschen geblieben, die keine Habsucht kannten – jene Hauptsünde, die damals bereits die Seelen der Menschen im europäischen Teil Russlands gründlich zerfressen hatte.

Was jedoch auffiel, war die an Elend grenzende Armut, in der sie zu leben gezwungen waren. Nein, natürlich klagte und murrte niemand, doch in ihren Augen konnte man deutlich die Frage lesen: »Was wird wohl mit uns geschehen?« Am meisten sorgte sich der Schamane Nikolai. Er trug die Verantwortung für sein Volk, dessen Ausrottung, wie er glaubte, im fernen Moskau bereits beschlossen worden war. Irgendwie ähnelte er Napoleon, vielleicht nicht nach der Schlacht von Waterloo, aber bestimmt am Vorabend der ersten Verbannung nach Elba.

An dieser Stelle müssen wir unterbrechen, um Nikolai etwas näher kennen zu lernen, der im Sommer 1996 eine entscheidende Rolle für das Schicksal des Landes spielte. Er war ein sehr mächtiger Schamane, der seine Weihe vom großen Kserekeen, dem legendären Schamanen der Jakuten, selbst bekommen hatte, auf dessen Grab inzwischen drei riesige Lärchen gewachsen waren. Sowohl die Herabsendung der besonderen Gabe durch die Geister als auch Nikolais Lehrzeit vollzogen sich vor den Augen Wassilis, als sie beide Burschen von fünfzehn Jahren waren. Und das ging so vor sich.

Im Nachbardorf war ein alter Schamane gestorben, und

schon am nächsten Tag fuhr sein *Emegen* in Nikolai und begann den unerfahrenen Jüngling zu quälen. Nikolai wurde vom Wahnsinn ergriffen, er verlor den Verstand und lief in die Taiga hinaus, wo er sich einen ganzen Monat nur von Rinde ernährte, sich mit den Zweigen der Bäume geißelte und die Haut mit den Fingernägeln bis aufs Blut aufkratzte. Als er zurückkehrte, bot er einen furchtbaren Anblick. Doch der *Emegen* hatte sich an der Frische seines Körper ergötzt und war etwas zur Ruhe gekommen, so dass der Jüngling für seine Umgebung keine Gefahr mehr darstellte. Nun begann der große Kserekeen ihn, den Verängstigten, der nicht wusste, wie er mit seiner neuen Gabe umgehen sollte, zu unterrichten. Und nach dem Tode Kserekeens wurde Nikolai sein rechtmäßiger Nachfolger.

Am dritten Tag von Wassilis Urlaub rief ihn Nikolai zu sich und sagte, er habe den Nachrichten im Radio entnommen, dass der Präsident, der jetzt über Russland herrsche, schon bald alle seine Häuser zerstören und sich dann über die Taiga hermachen werde. Und das wäre das Ende der Jakuten. Der *Uor* der Zerstörung, der in den Präsidenten gefahren sei, sei einfach zu stark. Solange er noch keinen unheilbaren Schaden angerichtet habe, müsse man ihn austreiben. Doch *Tangara* befehle Nikolai, nicht nach Moskau zu fliegen, denn in Moskau gebe es starke und böse Geister, vor denen *Tangara* Nikolais *Kut* nicht schützen könne. Man müsse den Präsidenten in die Taiga bringen; nur hier könne man mit dem *Uor* der Zerstörung, der sich seiner bemächtigt habe, fertig werden. Den Präsidenten herzubringen sei Wassilis Aufgabe. Denn er lebe in Moskau und kenne den Präsidenten.

Wassili wurde angst und bange, denn das Wort eines Schamanen ist unumstößliches Gesetz. Folgte man ihm nicht, so ließ die Strafe nicht lange auf sich warten. Nein zu sagen bedeutete nicht nur, dass man unausweichlich zum Tode verdammt war, sondern auch von seinem eigenen Volk verflucht wurde. Vergeblich versuchte Wassili Nikolai so vorsichtig wie möglich zu erklären, dass Moskau eine sehr große Stadt war, viel größer als hundert jakutische Dörfer, und dass es einem einfachen Menschen absolut unmöglich war, den Präsidenten kennen zu lernen.

Mürrisch hörte sich der Schamane dieses kindische Geschwätz an und sagte, er habe alle Hindernisse, auf die Wassili treffen könnte, bereits berücksichtigt. Er habe mit einem in städtischen Dingen sehr erfahrenen und geschickten *Abaasy* gesprochen, und dieser habe sich bereit erklärt zu helfen. Danach vollzog der Schamane ein kurzes und nicht allzu anstrengendes Ritual, und Wassili spürte die unsichtbare Anwesenheit eines immateriellen, strengen und fordernden Wesens, das ihn im Falle des Ungehorsams in Asche verwandeln würde.

Wassili kehrte als völlig neuer Mensch nach Moskau zurück. Die Energie, mit der ihn der *Abaasy* versorgte, sprudelte nur so hervor. Schon bald war er einer der einflussreichsten Männer bei *Mabetex* geworden und hatte ein ansehnliches Vermögen verdient, das ihm die Türen zu vielen Amtsstuben öffnete und die Bekanntschaft mit mächtigen Persönlichkeiten verschaffte. Schließlich lernte er den Vermögensverwalter des Präsidenten kennen. Der *Abaasy* funktionierte optimal – die Hauptstadtgeister leisteten keinen wirklichen Widerstand.

Doch dann kam die Sache ins Stocken. Wie Wassili vermutet – und er kann hier natürlich nur spekulieren –, wurde der Weg in den Kreml von einer Meute unzähliger gieriger Provinzdämonen versperrt, die sich auf den letzten Metern vor dem ersehnten Ziel gegenseitig vernichteten. Sich durch dieses chaotische Dauerfeuer durchzuschlagen war unmöglich.

Und so begann Wassili auf einen günstigen Augenblick zu warten.

Nach einer gewissen Zeit bot er sich. Ein heftiger Wahlkampf war im Gange, in dessen Verlauf die Anwärter auf den begehrten Thron im Kreml das Land mehrfach von Osten nach Westen und von Norden nach Süden durchquerten, um die Sympathien der Wähler auf ihre Seite zu ziehen. Auch der Präsident schloss sich diesem Marathonlauf an. Und mit viel Glück gelangte Wassili – natürlich auf Fürsprache des Vermögensverwalters – in das Gefolge, das diesen imposanten, weißhaarigen und machtbesessenen Mann auf seiner Reise begleiten sollte. Ich fragte nicht weiter, in welcher Funktion man ihn mitgenommen hatte, aber sicher hatte er für diesen Platz mehr als üblich lockergemacht.

Schließlich landete die komfortable Maschine mit dem breiten Schriftzug »Rossija« auf einem Flugplatz unweit von Wassilis Heimatdorf. Den geeigneten Augenblick abpassend, schlug er dem Präsidenten am zweiten Tag der Sibirienreise vor, sich einmal das Leben echter Jakuten anzusehen, die ihre kulturellen Traditionen und die Lebensweise ihrer Vorfahren noch vollständig bewahrt hatten. Der Präsident blickte missmutig drein, denn jede Bitte empfand er als Eingriff in seine Selbstständigkeit. Doch da überreichte ihm Wassili ein Geschenk der Jakuten Russlands. Es handelte sich um eine von *Mabetex* ausgestellte VISA Gold Card, auf deren Konto sich eine Summe befand, die dem Präsidenten, der schon lange das Pensionsalter erreicht hatte, sowie seiner vielköpfigen Familie ein sorgenfreies Leben bis weit ins 21. Jahrhundert hinein garantierte.

Der Präsident befahl dem Chef der Leibwache, die Geschenke der Jakuten Russlands auf ihre Echtheit zu überprüfen. Die Prüfung ergab, dass die Absichten des sibirischen Volkes tatsächlich aufrichtig waren. Der Präsident orderte für den nächsten Morgen einen Hubschrauber.

Die weiteren Ereignisse dieser unglaublichen Reise nahm Wassili auf Video auf und zeigte sie mir später mit den entsprechenden Erläuterungen zum jeweiligen Geschehen.

Der Präsident und sein kleines Gefolge wurden von etwa dreißig Mann in jakutischer Nationaltracht empfangen. (Andere Kleidung hatten sie wahrscheinlich gar nicht.) Nach dem üblichen Shakehands und Schultergeklopfe bemerkte der Präsident einen Schamanen, der etwas abseits stand. (Sein Äußeres lässt sich hier nicht beschreiben, da die Welt der uns vertrauten Gegenstände und Erscheinungen dafür keine genauen Vergleiche bietet.) Der offenbar schon etwas angeheiterte Präsident lief wie ein kleines Kind auf ihn zu und rief: »He, Schamane, du alter Sack, lass mich mal auf die Trommel hauen!« Doch als ihn Nikolais Blick traf, hielt er verwirrt inne und wurde still. Und begriff sogleich, dass hier etwas nicht stimmte, dass vor ihm keine Marionetten standen, die nach seiner Pfeife singen und tanzen würden. Sondern vollkommene Naturmenschen, denen all seine enorme Autorität nicht einmal so viel wert war wie ein Niesen dieser Vogelscheuche, die ein Fell anhatte und mit Girlanden aus irgendeinem Zeugs behängt war. Wütend wandte er sich zum Chef der Leibwache um.

Doch vergebens. Mit einem kehligen, scharfen Schrei, als ob er den Bauch eines Rentiers aufreiße, rief der Schamane einen beinahe zahmen und deshalb nicht besonders starken *Abaasy* zu Hilfe, der alle Fremden mit Ausnahme des Präsidenten in einen tiefen Schlaf versetzte. Die Leute sanken zu Boden, wo sie gerade standen, als hätte man aus ihnen die Luft herausgelassen.

Und dann begann das Unglaubliche.

Vier kräftige Jakuten traten mit zwei Riemen hinzu, befestigten sie mit einer Schlinge an den Unterarmen des Schamanen und hielten sie jeweils zu zweit am anderen Ende fest. So sollte verhindert werden, dass während der Austreibung des *Uors* der Zerstörung feindliche *Abaasy* Nikolai in ihre Unterwelt hinabzogen. Der Präsident erstarrte zu einer bleichgesichtigen Säule.

Dann wurde ein Feuer entzündet, und der Schamane blickte angestrengt in die flackernde Flamme. Nach vielleicht drei Minuten völligen Schweigens hörte man, wie er plötzlich einen Schluckauf bekam. Ein nervöses Zittern erfasste seinen Körper. Dann stopfte der Schamane seine Pfeife mit einem eigenen, offenbar furchtbar starken Kraut, zündete sie an und begann leise seine Trommel zu schlagen, wobei er den Präsidenten noch immer völlig außer Acht ließ. Alles, was ihn beschäftigte, war die Flamme des Feuers, in der er den Grund des Seelenleidens zu erblicken suchte.

Bald darauf sah man, wie sein Gesicht erbleichte. Seine

Augen schlossen sich, der Kopf sank leblos auf die Brust herab. Zwei Frauen brachten ein weißes Fell. Der Schamane nahm darauf Platz und fiel sogleich in einen tiefen Schlaf, der etwa zehn Minuten anhielt.

Plötzlich ertönte ein furchtbares, abgerissenes Geräusch, durchdringend wie das Kreischen von Stahl. Es war unklar, woher es kam, denn der Schamane blieb absolut regungslos. Nach einer Minute ertönte es erneut. Der Schamane öffnete die Augen und begann hysterisch zu schlucken und zu gähnen. Und da gibt er auch schon in variierender Stimmlage mal das ächzende Klagen des Kiebitzes von sich, mal den Schrei des Falken, mal das auf- und absteigende Zwitschern der Schnepfe.

Plötzlich schweigt der Schamane. Und nur ein schwaches, hohes Surren ist zu hören, wie das einer Mücke. Er beginnt die Trommel zu schlagen. Zunächst kaum hörbar, begleitet von unartikulierten Lauten, in die sich Adlerschreie und Möwengekreisch mischen. Langsam wird sein Gesang lauter. Schon gerät er in Ekstase, zuckt am ganzen Körper und schreit rasend Worte der Beschwörung heraus:

Der mächtige Stier der Erde, das Steppenpferd,
Der mächtige Stier hat gebrüllt!
Das Steppenpferd hat gewiehert!
Ich stehe über euch allen, ich bin ein Mensch!
Ich bin ein Mensch, mit allem ausgestattet!
Ich bin ein Mensch, geschaffen vom Herrn der Unendlichkeit!
Komm herbei, o Steppenpferd, und lehre mich!
Komm heraus, wunderbarer Stier des Alls, und antworte!

O mächtiger Herr, befiehl!
O meine Herrin Mutter, zeige mir meine Fehler
Und die Wege, die ich gehen soll!
Fliege vor mir auf der breiten Straße,
Bereite meinen Pfad!
O Geister der Sonne, die ihr im Süden weilt, auf den sieben bewaldeten Bergen!
O leuchtende Mütter, ihr, die ihr die Eifersucht kennt, ich flehe euch an:
Mögen eure drei Schatten lang bleiben, sehr lang!
Und du, im Westen, auf deinem Berg, o mein Herr Ahne,
Der du furchtbare Kraft besitzt, mit deinem mächtigen Nacken,
Sei mit mir!

So bittet der Schamane seinen *Emegen* sowie den *Abaasy* der Oberwelt um Hilfe, bittet sie, ihm bei der Heilung des Präsidenten beizustehen. Doch das ist nicht leicht, nein, überhaupt nicht, der *Emegen* ist stolz und unerbittlich und will lange nicht kommen. Man hat den Eindruck, dass der Schamane schon ans Ende seiner magischen Kräfte gelangt, aus seinem Mund tritt Schaum, und sein Gesang ist keinen menschlichen Lauten mehr ähnlich.

Da packt mich Wassili am Arm: »Da, da, siehst du, siehst du? Der *Emegen* ist da!« Ich sehe natürlich nichts. Doch das Verhalten des Schamanen ändert sich nun schlagartig. Er verfällt in einen wilden Tanz – sofern man das so nennen kann. Wie rasend hämmert er auf die Trommel ein und dreht sich bald wie ein Kreisel um sich selbst, bald springt er hoch, fast bis in Scheitelhöhe des zur Götzenstatue erstarrten Präsidenten. Dabei brüllt er wie ein

Raubtier, am ehesten ist das der Schrei eines verwundeten Bären.

Und plötzlich macht er einen Satz auf den Präsidenten zu, greift nach etwas Unsichtbarem in dessen Brusthöhe und zieht es aus Leibeskräften an sich, ein Bein gegen den Bauch des Präsidenten gestemmt. Schließlich reißt er, wie ich es verstehe, den *Uor* der Zerstörung heraus, fliegt vielleicht sechs Meter weit nach hinten und prallt mit dem Nacken gegen einen Baum. Doch löst er dabei keine Sekunde lang den Griff seiner Hände.

Dann wirft er ihn, ja IHN, obwohl ich auf dem Bildschirm wieder nichts bemerke, mit aller Kraft zu Boden, beginnt IHN zu bespucken, mit Füßen zu treten, und schreit dabei irgendwas in verächtlich-höhnischem Tonfall. Und dann verjagt er IHN, wedelt mit den Armen, tritt mit den Füßen und bläst aus Leibeskräften auf IHN.

Die umstehenden Jakuten leben auf, lächeln erfreut und klopfen einander auf die Schulter. Der *Uor* der Zerstörung ist für immer aus dem *Kut* des Präsidenten verjagt worden.

Doch das Schwierigste und Gefährlichste steht dem Schamanen noch bevor. Er konzentriert sich und beginnt mit den Armen zu wedeln, als seien es Flügel. Dieses monotone Schauspiel dauert ziemlich lange. Meine Aufmerksamkeit beginnt nachzulassen. Plötzlich verschwindet der Schamane von der Bildfläche. Erstaunt frage ich Wassili: »Hier ist wohl die Aufnahme unterbrochen?« – »Nein«, entgegnet dieser, »nichts ist unterbrochen. Der Schamane ist in den Himmel geflogen, um die Geschenke abzugeben. Siehst du, auf dem kleinen Tisch dort, eine Flasche Wodka und ein geköpftes Huhn. Der Schamane ist in den Himmel geflogen, um die *Abaasy* zu bewirten, als Dank für ihre

Hilfe.« – »Aber hätte er das nicht auch hier auf der Erde machen können, wenn sie ohnehin alle beisammen waren?«, frage ich etwas dümmlich. Wassili wirft mir einen vorwurfsvollen Blick zu und lässt die Frage unbeantwortet.

Der Schamane kehrt ebenso urplötzlich zurück, wie er verschwunden ist. Und stellt sich sogleich mit bloßen Füßen in die glühende Asche des Feuers. Um sich vom Himmel zu reinigen.

Alles Weitere ist bestens bekannt. Die Taiga und die Jakuten waren gerettet. Der Präsident jedoch kehrte als ganz anderer Mensch nach Moskau zurück. Was die scharfsinnige oppositionelle Presse zu der Vermutung veranlasste, der Präsident sei gestorben, und man habe ihn durch einen Schauspieler ersetzt, der jetzt seine Rolle spiele. Zum Teil stimmte das auch. Während der Operation hatte es ernsthafte Komplikationen gegeben: Der *Uor* und der *Kut* des Präsidenten waren im Laufe der vielen Jahre so sehr miteinander verwachsen, dass der Schamane bei der Entfernung des *Uors* auch einen Teil des *Kuts* herausriss. Auf Kosten der körperlichen Gesundheit. Eine Koronarinsuffizienz trat auf, die einen unverzüglichen chirurgischen Eingriff erforderlich machte. Es gelang jedoch nicht, den früheren Gesundheitszustand ganz wiederherzustellen. Und in den gesamten letzten vier Jahren seiner Amtszeit erfüllte der Präsident seine Pflichten keineswegs in vollem Maße. Die schlechte Gesundheit wurde noch überlagert von einer Veränderung seines Charakters, den man oberflächlich als »vorzeitig altersmilde« bezeichnen könnte. Das Land durchlebte eine Phase der Regierungskrisen und finanziellen Katastrophen, die auf das Leben der Jakuten jedoch nicht die geringste Auswirkung hatten.

Ohne Umschweife fragte ich Wassili, warum ihn die Leibwache des Präsidenten nach diesem »Schabernack« überhaupt am Leben gelassen habe. Die Erklärung war ziemlich einfach: Der Schamane hatte die gesamte Prozedur aus dem Gedächtnis des Präsidenten und seiner Gefolgsleute gelöscht. Und dem Präsidenten sogar die Erinnerung an eine intime Begegnung mit der schönsten aller jakutischen Frauen eingepflanzt, die das gutherzige sibirische Volk eigens für einen solchen Fall aufgezogen hatte. Das dumpfe Gefühl, dass mit dem Präsidenten etwas für ihn Untypisches vor sich ging, kam erst sehr viel später auf, als er nach Moskau zurückkehrte. Doch interpretierte man es als eine Folge der physischen und emotionalen Erschöpfung eines Mannes im vorgerückten Alter, der sich selbst restlos in den Dienst des Vaterlandes gestellt hatte.

Was jedoch Wassili betrifft, so wandte er sich, nachdem er seine Mission erfolgreich abgeschlossen hatte, ohne großen Elan erneut seinen geschäftlichen Pflichten zu. Den *Abaasy* ließ man ihm natürlich, doch zeigte auch dieser keinen besonderen Arbeitseifer. So liefen die Geschäfte einfach von selbst weiter. Die vielen Millionen vermehrten sich zwar nicht, hielten sich jedoch auf einem Niveau, das für ein Leben in Ruhe und Würde ausreichte. Wassili ließ erneut seiner gewohnten Beschaulichkeit freien Lauf.

Sein Haus machte einen äußerst positiven Eindruck. Man war angenehm überrascht, dass das Auge hier nicht von künstlicher Effekthascherei bedrängt wurde, die in den Häusern mancher Reicher den Blutdruck sensibler und ästhetisch hoch entwickelter Menschen bisweilen schlagartig in die Höhe treibt. Bei Wassili herrschte ruhige Harmonie. Auch das Verhältnis zu seinen Hausangestellten war von derselben Art. Diese waren nicht so sehr Gehilfen des Hausherrn, sondern eher gute Bekannte, die ihm zu jeder Tages- und Nachtzeit zur Seite standen – nicht aus merkantilen Überlegungen, sondern, wie es so schön heißt, aus reinem Herzenswunsch. Natürlich wurden diese Herzensregungen ausgezeichnet und in harter Währung entlohnt, doch ich bin überzeugt, wäre die Gehaltsstufe im Zuge irgendwelcher schicksalhaften Umstände auf das Existenzminimum herabgesetzt worden, so hätte auch dies die dauerhafte Harmonie und gegenseitige Liebenswürdigkeit nicht stören können.

Die größte Freude sowie Gegenstand allgemeiner Vergötterung und freiwilliger Verehrung der Hausbewohner war jedoch Wassilis eineinhalbjähriger Sohn, den die junge Gattin Irina dem Herrn geschenkt hatte. Er trug den Namen Andrej. Blauäugig und kräftig gebaut, war er für sein Alter ungewöhnlich verständig und wissbegierig. Doch vor allem verfügte er über eine so außergewöhnliche innere Kraft, dass er ohne Mühe elektromagnetische Felder verbiegen konnte und sich nun bereits an der Schwerkraft versuchte. Ein weiterer Hinweis darauf, dass schon bald eine neue Weltordnung anbrechen würde.

Nachwort

Vor drei Jahren ergab es sich, dass ich das Buch ›Der Tod kommt durchs Internet‹* schrieb, in dem in allgemein verständlicher Form von Verbrechen in den Häusern neuer russischer Bankiers erzählt wurde. Was ich nun zutiefst bedaure. Nicht etwa, weil das Buch nicht gelungen wäre. Und auch nicht, weil es angeblich ein beliebtes Lehrbuch für alle möglichen Halunken und Mörder geworden ist. Keineswegs, weder das eine noch das andere. Doch da es mit dem Gedankengut meiner Heimat derzeit nicht zum Besten steht, haben nicht nur die Leser, sondern auch die Kritik mit ziemlich ungesunder Aufregung auf dieses Buch reagiert.

Das ging sogar so weit, dass praktisch alle Kritiker, die ja die Mittler zwischen Autor und Leser sind, diese Arbeit als mein bestes Werk bezeichneten. Womit ich entschieden nicht einverstanden bin! Denn ich gehöre zu jener Kategorie von Schriftstellern, für die soziale Einstellung und gesellschaftliche Relevanz nicht Selbstzweck sind, sondern nur zu jenen Hilfsstoffen gehören, die das fertige Werk, wie es so schön heißt, vermarktbar machen.

Das heißt, in jenem unglückseligen Buch auch nur ir-

* dem einige Erzählungen des vorliegenden Bandes entnommen sind

gendwelche Anzeichen wahren Lebens zu suchen ist genauso sinnlos, wie Regenwürmer zu dressieren oder einen Strafprozess gegen das derzeit im Hinterhof des Zentralen Künstlerhauses ruhende Dserschinski-Denkmal anzustrengen. Vanitas vanitatum.

Deshalb sind die freudigen Ausrufe der kritischen Zunft, ›Der Tod kommt durchs Internet‹ stelle eine Typengalerie dar, in der solche Eigenschaften wie Moral und Sittlichkeit völlig fehlten, nicht nur haltlos, sondern auch auf ein niederes Gefühl zurückzuführen. Dieses Gefühl lässt sich als Freude darüber interpretieren, dass die neuen Russen eben nichts von alledem haben, was bei ihnen, den Kritikern, im Überfluss vorhanden sei. Dem ist jedoch nicht so. Moral und Sittlichkeit hat derzeit niemand, der sich nicht in die Einsiedelei zurückgezogen hat und von Wurzeln ernährt. Weder die neuen Russen noch die wütenden Kritiker noch die belehrenden Schriftsteller oder die alles fressenden Leser. Übrigens auch nicht der Autor dieses Werkes. Also lassen wir das!

Lassen wir das auch deshalb, weil die literarischen Preise, welche die unendlich durchgeistigte russische Kritikerzunft nach allen Seiten hin vergibt, mit dem Geld neuer Russen finanziert werden, deren Leben angeblich nur von bedingten und unbedingten Reflexen gesteuert wird.

Doch damit, dass alle meine früheren Werke mit Hilfe von ›Der Tod kommt – verflucht noch mal! – durchs Internet‹ in den Schmutz gezogen wurden, war die Sache noch nicht ausgestanden. Reiche Menschen begannen mich um eine Zusammenkunft zu bitten. Jedoch nicht nur, um an ein Autogramm zu kommen und mich mit den Künsten eines eigens aus Europa eingeflogenen Kochs zu verblüffen. Sie alle wollten unbedingt von mir in einem neuen Buch beschrieben werden. Nur für kurze Zeit gelang es mir, mich standhaft darauf zu berufen, ich sei zu beschäftigt und das Thema bereits erschöpft. Doch bald brach mein Widerstand zusammen, denn die mir angebotenen Honorare stiegen in solche Höhen, dass meine Nachkommen über drei Generationen hinweg gut davon hätten leben können.

Sobald sie meine Zusage erhalten hatten, zahlten diese gerissenen Erbschleicher geheimen Ruhms, ohne sich darüber abgesprochen zu haben, ja sogar ohne voneinander zu wissen, sogleich einen Vorschuss. Was mir den Rückzug völlig unmöglich machte, denn ein Killer für irgendeinen wenn auch in Mode gekommenen Schriftsteller war für weitaus weniger Geld zu haben. Zudem hatten meine umsichtigen Kunden diesen Vorschuss – wiederum ohne vorherige Absprache untereinander – mit Falschgeld bezahlt, während sie eine Rückzahlung wohl nur in echten Scheinen akzeptiert hätten. Es folgte also das Buch ›Dornenvögel im Internet‹*.

Abschließend sind noch einige Worte zur Mechanik des vorliegenden Werks zu sagen. Ja, zur Mechanik, denn wie sich die Leser bereits überzeugen konnten, ist es absolut sinnlos, hier nach einem psychologischen Ansatz zu suchen. Erstens habe ich auf die nachdrückliche Forderung der Auftraggeber hin alle Namen bis zur Unkenntlichkeit verändert. Zweitens habe ich alle Ereignisse aus dem Gedächtnis und nach eigenem Verständnis beschrieben, da ich

* dem alle anderen Erzählungen des vorliegenden Bandes entnommen sind

über die Funktionsweise des modernen Geschäftslebens in Russland nicht alles weiß und außerdem nicht in der Lage bin, die Gedanken meiner Gesprächspartner zu lesen. Dem, was sie mir erzählt haben, habe ich gewissenhaft den letzten Schliff verliehen. Vollkommen ehrlich und unvoreingenommen, wie üblich ein Höchstmaß an narrativer Freiheit nutzend.

Der Autor

Worterklärungen

Abaasy – jakut. »böser Geist, Dämon«.

Akademgorodok – 1957 am Ufer des Ob unweit von Nowossibirsk als Kaderschmiede der sowjetischen Forschung gegründetes »Wissenschaftsstädtchen«.

Barin – historische Bezeichnung und Anrede der russischen Gutsherren.

Barynja: weibliche Form von *Barin*.

Brigadier – Chef einer kleineren Einheit innerhalb einer kriminellen Organisation.

Emegen – jakut. »Schutzgeist«, der dem Schamanen seine Gabe verleiht.

Erste Abteilung, Regimeabteilung – In sowjetischen Forschungsinstituten war die Erste Abteilung zuständig für vertrauliche Unterlagen und Dokumente, die man den Mitarbeitern nur gegen Unterschrift aushändigte. Die Regimeabteilung sorgte für die Sicherheit des Institutsgeländes, erteilte Passierscheine usw. Beide Abteilungen wurden – insbesondere in größeren Instituten – meist vom KGB kontrolliert.

Felix Dserschinski (1877–1926) – Volkskommissar, Vorsitzender des Obersten Wirtschaftsrats und Leiter der sowjetischen Geheimpolizei (GPU). Berüchtigt für seine Grausamkeit. Die Demontage seines Denkmals auf dem Platz vor der KGB-Zentrale »Ljubjanka« gilt als eine der wichtigsten symbolischen Handlungen nach dem Zerfall der Sowjetunion, obwohl eine erneute Aufstellung auch heute noch diskutiert wird.

FSB – heutiger Geheimdienst Russlands, Nachfolgeorganisation des KGB.

Jurjew-Tag – 26. November (julianisch) bzw. 9. Dezember (gregorianisch), Feiertag des hl. Georg in Russland. Bis zum 16. Jahrhundert durften an diesem Tag bzw. jeweils in der Woche davor und danach landlose Kleinbauern ihren Großgrundbesitzer wechseln.

Kserekeen – legendärer Schamane der Jakuten.

Kut – jakut. »Seele«.

Muschik – Bauer.

Netschajew – Sergej G. Netschajew (1847-1882), russischer Revolutionär und Anarchist, von F. M. Dostojewski in den ›Dämonen‹ verewigt.

Pud – alte russische Einheit für Masse und Gewicht, etwa 16,4 kg.

Regimeabteilung – siehe Erste Abteilung.

Sol – lat. »Sonne«, Name des obersten Machthabers in Campanellas ›Sonnenstaat‹.

Tangara – jakut., entspricht dem bei den Turkvölkern weit verbreiteten Mythologem *Tengri*, »Himmel«. Bezeichnet wird damit ein göttliches Prinzip, das die Geschicke der Menschen, Völker und Staaten lenkt.

Uor – jakut. »Dämon«, meist in Gestalt eines Toten.

Waldai-Glöckchen – in der Stadt Waldai (Gebiet Nowgorod) bis zur Oktoberrevolution gefertigte Fuhrwerksglöckchen mit typischer Form.

Inhalt

Der unerbittliche Ruf des Blutes 5
Die furchtbare Rache 19
Der Herr der Steppe 33
Die zwei Brüder 43
Das Leben endet mit dem letzten Herzschlag 53
Der Verfechter des russischen Sex 61
Der tödliche Zweikampf 77
Perlenzucht unter simulierten Sowjetbedingungen ... 89
Der Jagdunfall 103
Die Insel der Freiheit und des Glücks 121
Familienglück vor dem Ruin 137
Der Spinner 149
Der unbequeme Neffe 161
Der letzte Humanist 171
Der Retter der Taiga 175

Nachwort des Autors 189

Worterklärungen 193

Bibliographischer Hinweis

›Die furchtbare Rache‹, ›Der Herr der Steppe‹, ›Die zwei Brüder‹, ›Das Leben endet mit dem letzten Herzschlag‹, ›Der tödliche Zweikampf‹, ›Der Jagdunfall‹, ›Der unbequeme Neffe‹ sind dem Erzählungsband ›Der Tod kommt durchs Internet‹ (›Smert' prichodit po Internetu‹; Moskau 1999) entnommen.

›Der unerbittliche Ruf des Blutes‹, ›Der Verfechter des russischen Sex‹, ›Perlenzucht unter simulierten Sowjetbedingungen‹, ›Die Insel der Freiheit und des Glücks‹, ›Familienglück vor dem Ruin‹, ›Der Spinner‹, ›Der letzte Humanist‹, ›Der Retter der Taiga‹ stammen aus dem Band ›Dornenvögel im Internet‹ (›Pojuščie v Internete‹; Moskau 2002).